後宮夢譚
～風を呼ぶ花嫁～

姫野百合

Illustration
水綺鏡夜

この作品はフィクションです。
実在の人物・団体・事件などに
一切関係ありません。

目次

龍鵬《りゅうほう》
妓楼の前で出会った
軽薄そうな男。
美麗《みれい》
病気の祖父と質素に
華陽の街で暮らしていた。

羅《ら》 玄成《げんせい》
相国の地位にいる。
呂《りょ》 青文《せいぶん》
龍鵬の側近。
人物紹介
風を呼ぶ花嫁
後宮夢譚

一

華陽《かよう》は二つの川が交わるところにある。

水運に恵まれ古くから要衝《ようしょう》の地として知られていたこの場所は、かつて、いくたびもの戦火に見舞われた。

やがて、戦乱の世は終わり、国は統一され、華陽は都となった。

以来、華陽は、いったい、幾人の皇帝を迎え入れ、また、見送ったことか。

そのすべての喜び、苦しみ、悲しみを抱いて、二つの川は今日も流れゆく。


「それじゃあ、お祖父さま、そろそろ出かけてきますね」

そう言って、美麗《みれい》は寝台の傍らにひざまずいた。

粗末な寝台の上に横たわっているのは白髪《はくはつ》の老人だ。

青ざめた頬はこけ、目は暗く落ち窪《くぼ》み、腕も肩もやせ衰《おと》えて枯れ木のよう。そのすべてが、老人が床《とこ》について長いことを物語っている。

　老人の喉からしわがれた声が押し出された。

「そうか……。気をつけて行ってきなさい」

　言葉と共に、老人が起き上がろうとしたので、美麗はあわててそれを押しとどめる。

「だめよ。お祖父さま。無理せず横になっていらして」

「大丈夫だ。今日は気分がいい」

　気丈《きじょう》に微笑んではみせるものの、それが自分に心配をかけまいとしてのことだと美麗は知っている。だから、美麗も、締めつけられるような思いを胸の奥に隠し、努めて晴れやかな笑顔を作る。

「ほんとう？　それなら、床を離れられる日も近いわね」

「ああ。きっと、すぐだ。すぐによくなる。年寄りだからといって、おまえに迷惑をかけてばかりではいられないからな」

「いいえ。寿考《じゅこう》は禧《き》――年を取るのはおめでたいことよ」

　小さく首を横に振りながら、古い詩篇《しへん》の一文を引用してそう言うと、落ち窪んだ眼窩《がんか》の奥の瞳が美麗をやさしく見つめた。

「詩経《しきょう》か……。美麗。おまえは賢い子だな」

「全部、お祖父さまの教えよ」

祖父は、以前、宮廷に仕える文官だったという。そのせいもあって、教養高く、書物にも通じていた。幼いころより、その祖父の薫陶《くんとう》を受けて育った美麗も、今では、数々の古典を易々《やすやす》とそらんじることができる。

美麗は微笑みを深くして立ち上がった。

「帰りには何か美味しいものを買ってきましょうね。お祖父さまの好きな甘豆羹《かんとうかん》がいいかしら」

「……ああ。楽しみにしているよ。美麗」

「はい。お祖父さま。行って参ります」

笑顔でいられたのはそこまでだった。

美麗は、傍《かたわ》らに用意していた大きな包みを抱え、急いで踵《きびす》を返し、寝所《しんじょ》を出る。

狭い庵《いおり》には門すらない。すぐに、家の外に出て、草を踏みながら小道を歩く。葦《あし》を渡る風が、背中に垂らした真っ直ぐな黒髪を揺らすのが心地よい。

ここは、華陽の都の外れ。

あたりには、家どころか、田畑さえも見当たらない。山の裾《すそ》に、たった今美麗が出てきたばかりの古びた庵がぽつんと建っているだけだ。

この川辺の庵で、美麗は、物心つく前から、祖父である高伯達《こうはくたつ》とふたりで暮らしている。

父と母はいない。死んだと聞かされているだけだ。

美麗も伯達も口にはしないものの、伯達の病状が思わしくないのは明らかだった。

伯達には、もっと、もっと、長生きをしてほしい。伯達がいなくなってしまったら、美麗はひとりぼっちになってしまう。

（お金があれば……）

そうすれば、伯達を医者に診《み》せられるし、薬だって買える。論語《ろんご》には君子《くんし》は貧《ひん》を憂《うれ》えずとあるけれど、現実問題、お金がなければ生きてはいけないのだ。

「しっかりしなくちゃ……」

美麗は、自分を鼓舞《こぶ》しながら、足を急がせる。

うら寂しい川原を離れ、街へと近づくに従って、少しずつ人が増えてきた。

現皇帝の御世《みよ》から遡《さかのぼ》ること百数十年余、初代皇帝がこの地を都として以来、華陽は発展し続けている。

水運に恵まれた華陽には、古来より、船によってたくさんのものが海からもたらされてきた。海からは何百里も離れているというのに、華陽の市には干物や貝類などの海産物が豊富に並ぶ。

更に、二代皇帝王翔《おうしょう》の命《めい》によって津々浦々《つつうらうら》まで整備された陸路が物流を容易にし、今では、飆《ひょう》の国はおろか、そのはるか彼方《かなた》の西国からも珍しい織物や宝石が届けられるようになった。

華陽に来ればこの世で手に入らないものはないと、華陽の人々はよく口にするけれど、あながち、それも間違いとは言えないほどの繁栄《はんえい》ぶりだ。

だが、光があれば闇が生まれるのも、また、この世の理《ことわり》。

繁栄の裏で、華陽の治安は年々悪化し続けているというのも人々の共通意見だった。

働かず、昼間から酒を飲み、暴れたり、人に因縁《いんねん》をつけたりするようなならず者が増えた。ならず者たちは徒党《ととう》を組み、裕福そうな者に目をつけては、言いがかりをつけて脅したり、時には暴力を振るって金を巻き上げるという。

最近では、そういうならず者たちを用心棒として雇《やと》い、ならず者を撃退するのが裕福な商人たちの間で流行《はや》っているという話だ。毒には毒をということなのかもしれないが、別々の商人に雇われているならず者同士の争いもたびたび起こり、迷惑なことこの上なかった。

そういう時、市井《しせい》の人々を守り、ならず者を取り押さえるのが役人の務めだが、商人から鼻薬《はなぐすり》を効かされている役人たちは見て見ぬふり。

結果、ならず者たちは、誰に咎《とが》められることもないまま、乱暴狼藉《ろうぜき》を続ける。

商人たちは商人たちで役人と結託《けったく》して、本来使うべき枡《ます》よりも小さい枡を使うなどの方法で品物の量をごまかしたり、粗悪品を高級品と偽《いつわ》って高値で売ったり、何やかやと理由をつけては勝手に品物の値段を吊り上げたりして、暴利を貪《むさぼ》っている。

美麗は小さくため息をつきながら顔を上げた。

視線の先、ちょうど華陽の都の中心にあたる高台には、幾重にも連なる勇壮華麗な建物群がそびえ立っている。

あれが天星宮《てんせいきゅう》。皇帝陛下のおわす場所。

現在の皇帝は、名を王龍鵬《おうりゅうほう》といい、父である先帝の崩御《ほうぎょ》により、わずか五歳で天星宮の主《あるじ》となった。

即位した時は五歳だった皇帝も、今では立派な青年に成長しているはず。

やんごとなき方のことゆえ、美麗のような下々《しもじも》の者のところまで、その人となりが聞こえてくることはないが、ひとたび皇帝となったからには、自ら先頭に立って民衆のために身を尽くすべきではないか。

それに、たとえ、皇帝が若くいまだその力が及ばなかったとしても、宮廷には、国内から集められたたくさんの秀才たちが集《つど》って、国政を円滑に運営するために働いている。

当然、国内できちんと法が執《と》り行われているか監視したり、法を犯した者を厳しく罰したりするのを仕事としている者がいるはずだが、彼らは、いったい、どこで、何を見ているのだろう？

最初は小さな乱れでも、それが呼び水となり、やがて、大きな混乱へと変じていくこともある。

結果、屠《ほふ》られた王朝が歴史にはいくつもあることを、彼らは知らないのだろうか？

強い憤《いきどお》りと、それから、そこはかとない不安を抱きつつ、美麗は色町《いろまち》へと足を進める。

目的の場所にはこの道が近道だからだ。夜であれば絶対近づかない場所だが、さすがに、昼間はその淫靡《いんび》な気配も明るい陽射しに覆い隠されている。

それでも、居心地の悪さに足を速めた時、目の前を、ふいに、赤いものがよぎった。

思わず足を止めると、赤いものは、そよ風に押し戻されるようにしてふわふわと宙を漂い、美麗の足元に落ちる。

「なんなの……？」

拾い上げてみれば、それは光沢《こうたく》のある絹の布だった。緋色《ひいろ》の絹は、とても薄く織られていて、確かに、ほんの少しそよ風が吹いただけでも飛ばされてしまうほどに軽い。

「なんで、こんなものが……？」

訝《いぶか》しく思っていると、すぐ近くの朱塗《しゅぬ》りの門の中から若い女がひとり飛び出してきて、怒鳴り声を上げる。

「ちょっと、あんた、何してんの!?　よこしなさいよ。それ、あたしのよ！」

派手な女だ。顔は白粉《おしろい》で真っ白に塗られ、唇は真紅に染められていた。衣は、目がちかちかするような鮮やかな色で、豊満な胸元を見せつけるかのように、襟の開いただらしない着方をしている。

なんて言い返せばいいのかわからず、美麗が戸惑っていると、新たに、ひとり、派手な若い女が飛び出してきた。

すぐに、ふたりの女の間では、美麗そっちのけで言い合いが始まる。

「何言ってるの！　それは、あたしのなんだから。あんたは引っ込んでなさいよ!!」

「引っ込むのは、そっちのほうでしょ。龍《りゅう》さんはあたしにくれるって言ったのよ！」

あの朱塗りの門の建物が妓楼《ぎろう》だということは知っていた。この若い女たちがそこの妓女《ぎじょ》であることは、聞くまでもないだろう。

言葉の端々から推察《すいさつ》するに、どうやら、『龍さん』という客をふたりで取り合っているらしいが、それにしても、なんてすさまじい。

つかみ合わんばかりのふたりを、美麗がただ唖然として見ていると、朱塗りの門の奥から、今度は若い男が出てきた。

「おいおい。ふたりとも。何やってんだ？」

男は黒地に真紅で縁取りをした衣に女物の真っ赤な錦を羽織っている。異国人なのか、髪は短く、耳には耳飾り。ふたりの妓女に負けず劣らず派手だ。

「龍さ～ん」

途端に、ふたりの妓女が鼻にかかった甘い声を出し、左右から男にしなだれかかる。

龍と呼ばれた男は、ふたりの女を両手で抱き抱えると、声を立て、豪快に笑った。

「おまえたち、喧嘩《けんか》すんなよ」

「だってぇ〜ん」

「俺みたいないい男を目の前にして、おまえたちが我を忘れるのもわかるが、いい女は、道の真ん中で喧嘩なんかしないもんだぜ」

笑顔を向けられて、女たちが、ぽっ、と頬を赤く染める。

「龍さん。好きよ」

「あたしも、大好きぃ」

「おうおう。俺もだぜ。どっちも愛してるからな」

今にも失神しそうなほどうっとりしているふたりの女を離して、龍と呼ばれた男が美麗に近づいてきた。

妓女の争いに巻き込まれるなんてどんな男だろうと思ったが……。

(なんて、いやな男……)

ふたりの女を手玉に取って面白がっているなんて、ほんと、最低。

思わず、視線が険《けわ》しくなった。

あからさまに不機嫌な顔をしていたはずだが、龍と呼ばれた男はなんらひるむことなく美麗の目の前で立ち止まる。

近くで見ると、男は思っていた以上に背が高かった。

美麗も背が高いほうなので、男性と話す時でも、ほぼ視線はまっすぐだが、この男をにらみつけようと思うと、どうしても、視線が上を向いてしまうのがなんとなく悔《くや》しい。

「よう。あんた。悪かったな」

男は、少しも悪いと思っていなさそうな顔をして、美麗に向かって手を伸ばした。

美麗は、腕だけを伸ばし、極力男には近づかないようにして薄絹を渡す。

こんな妙ななりをして、昼間っから妓楼で妓女を侍《はべ》らせている男なんてまともなはずがない。きっと、このあたりで悪さをしているならず者のひとりだろう。自分がかかわり合いになるような種類の男ではない。返すものは返して、さっさとここを立ち去ろう。

そう思ったのに……。

緋色の薄絹が男の手に渡ったと思った瞬間、男の腕が伸びてきて美麗の腰に回った。

あっと思った時には、もう、力強い腕に抱き寄せられている。

くっきりとした切れ長の目が驚くほど近くで美麗を見つめていた。

まなざしは、明るく、強い。そして、瞳は、意外なほど澄んでいて……。

引き寄せられるように、美麗はその黒き深淵《しんえん》をのぞき込む。

まるで、冬の夜空のようだった。そこには怖いくらい清らかな空気が満ちていて、いつまでも、いつまでも、見つめていたくなる。

（きれいな目だわ……）

男の指が美麗の頬に触れた。いとおしむように頬を撫でた掌《てのひら》が首筋を伝う。

「美しい……」

「……」

「毛嫱《もうしょう》も麗姫《りき》もおまえにはかなうまいよ」

はっとした。

(わたし、今、何を……)

美麗は、全力で男の身体を押しのけ、男をにらみつける。

「それで褒めてるつもり？　たとえ、古《いにしえ》の美女の前でも、魚は深く入り、鳥は高く飛び、鹿は走り去るのよ」

毛嫱も麗姫も、たいそうな美女だったと言われている。人間であれば、その美女を前にすれば見とれたりもするだろう。だが、魚も、鳥も、鹿も、たとえ相手が美女であろうと、そんなことはなんの関係もなく、ただ人の気配に驚いて逃げていく。

ひいては、物事には絶対の基準などないことを言い表した荘子《そうし》の一節《いっせつ》だ。

男の目が驚いたように大きく瞠《みは》られる。けれども、それはほんの一瞬のことで、すぐに、男の顔には軽薄そうな笑みが戻った。

「ま、いいさ。おまえとは、また会えそうな気がする」

「わたしは二度と会いたくないわ！」

「そう、つれないことを言うなよ」

高らかに笑ったあと、男は、美麗《みれい》に背を向け、ふたりの妓女の肩を抱く。

「ねーねー、龍さん。それ、どっちにくれるの？」

「おまえら喧嘩するから、どっちも、だめ」

「えー。龍さんのいけずー」

美麗は、ぽかんとして、朱塗りの門の中に消えていく三人の後ろ姿を見送っていた。

「なんなの、あれ……」

あんな失礼な男が世の中にいるなんて、唖然、呆然、愕然だ。

（ほんと、信じられないわ!!）

今度は猛然とした足取りで再び歩き出した美麗の胸の中には、今まで感じたことがないほどの憤りが渦巻《うずま》いている。

腹が立つ。腹が立つ。腹が立つ。

なんて、いやな男なんだろう。軽薄で、女と見れば見境《みさかい》のないろくでなし。

でも、何より頭にくるのは、そんな、女たらしに、うっかり、見とれそうになっていた自分だ。

（わたし、なんで、あんな男の目がきれいだなんて思ったのかしら？）

そんなはずないのに。

あんなろくでなしの目が澄んでいるわけもないのに。

それにしても、あんなろくでなしのならず者が、よく毛嫱や麗姫のことを知っていたものだ。教養なんてものとは丸っきりの無縁で、荘子なんて一行だって読んだこともなさそうな男だったのに。

「きっと、疲れてるんだわ」

それとも、美女にだけは特別関心があったとか？

そうかもしれない。だって、いかにも女好きって感じの男だった。両手で妓女の肩を抱いてやに下がっていた顔を思い出すだけでも、鳩尾《みぞおち》のあたりがムカムカする。

身震いしながらにぎやかな通りに向かって門を曲がると、ようやく目的の場所が見えてきた。大通りに面したその店は、このあたりでは中くらいの大きさの雑貨屋だ。

祖父の伯達は、どこで教わったものか、紙の製法を知っていて、あの川原の庵で紙を漉《す》いてはこの店に卸《おろ》していた。

ほかには、字もたいそう上手だったので、頼まれて代書をしたり、書を教えたり。

そうして、日々の糧《かて》を得て、男手一つで美麗を育ててくれたのだ。

伯達が床についてからは、伯達の代わりに美麗が紙を漉いている。

美麗が漉く紙は伯達の手伝いをしているうちに見よう見まねで覚えたもので、伯達のそれには遠く及ばないものの、紙は、まだ大変珍しく、その分高価なので、それなりの出来でしかなくても、店では喜んで引き取ってくれる。

ありがたい話だった。美麗も、伯達のように代書をしたり、子供たちを集めて書を教えたりしているが、そちらの収入は微々《びび》たるもの。紙が売れなかったら、今ごろ、伯達とふたり、路頭《ろとう》に迷っていたかもしれない。

門をくぐると、すぐに店主が笑顔で迎えてくれた。

「美麗ちゃん。紙ができたのかね」

美麗も笑顔で挨拶をする。

「はい。今日は、この前よりも少し多めに持って参りました」

「おお。それはありがたい。さっそく店の中で見せてもらおうかと言いたいところなのだが……」

店主が口ごもった。それで、美麗にもおおよそのことがわかる。

「もしかして、陳《ちん》さんがおいでなのですか？」

どうやら、いやな予感は当たったようだ。店主の表情がにわかに曇る。

「先ほどからおいでになって美麗ちゃんをお待ちだよ」

「すみません。ご迷惑をおかけして」

「いや。美麗ちゃんが謝ることはないよ。本来ならば、私が迷惑だと言ってお引き取りいただけばよいことなのだが……」

陳さんの家は穀物《こくもつ》を扱う大店《おおだな》で、陳さんはそこの若だんなだ。店同士のつきあいもあって、店主も陳さんを無碍《むげ》にできないのだということくらい、美麗にもわかる。

「まったく。美人は美人で苦労が多いね」

それには苦笑で返し、美麗は店主のあとに従い店の中に入っていった。

店の中には若い男がいた。男は、土間《どま》の一角で、椅子に腰掛け、机に肘をついただらしない格好で茶をすすっている。ふてくされたようなその顔が、店に入ってきた美麗に気づいた途端、ぱあっと明るくなった。

「美麗。待ちかねたよ。ここにいれば会えると思っていたんだ」

美麗は男に近づくと冷ややかな声で告げる。

「陳さん。こんなところで居座《いすわ》っていてはお店にご迷惑ですよ」

あなたも大店の若だんななのだからそのくらいわかるはず、と言外に非難をこめると、陳さんは悪びれもせずに言った。

「だったら、美麗の家を教えてくれよ。そしたら、この店に迷惑をかけることもなくなるだろ」

冗談じゃないわ、と美麗は思う。

一度教えたが最後、家まで日参《にっさん》されることは火を見るよりも明らかだ。

「陳さん。以前にも申し上げましたが、わたしはわたしよりも書物に通じている方とでなければ結婚いたしません」

「美麗……」

「陳さんは、以前、わたしと勝負なさって、結果、わたしの質問に答えられませんでした。いかがです？　もう一度勝負なさいますか？　この前は論語《ろんご》の一節でした。今度は何にします？　大学《だいがく》？　中庸《ちゅうよう》？　ほかの書物でもよろしゅうございますよ」

畳みかけるように言うと、陳さんが半泣きになる。

「美麗～。そんな冷たいことを言うなよ～」

「お約束はお約束でございます。わたしと結婚なさりたければ、どうぞ、わたしより教養豊かなところを見せてくださいませ」

本音を言えば、美麗だってこのように高慢な物言いはしたくない。だが、そうとでも言わなければ、この図々しい求婚者は引き下がってはくれないだろう。

（どうして、こんなにしつこいのかしら？）

美麗は心の中でぼやいた。

（わたしのことなんか、何も知らないくせに）

みんなそうだ。

美麗の美しい顔立ちに引かれて美麗に求婚する男はあとを絶《た》たない。

彼らは、「きみの美しさに一目で心を奪われた」とか、「僕の心はきみの虜《とりこ》だ」とか、歯の浮くようなことを口々に言うけれど、その、どれ一つとして美麗の心に響いたことはなかった。

みんな、美麗の顔が好きなだけ。

（わたしが、何を考え、どんな気持ちでいるのか、知ろうともしない。それで、よくも「好きだ」なんて言えたものだわ！）

どんなに甘い言葉でかき口説かれようと、そんな男と結婚する気には毛頭《もうとう》なれない。そうでなくても、今は、祖父のことが気がかりだ。一向に回復する気配のない伯達を置いて嫁になどいけるものか。

自分よりも書物に通じている男でなければ結婚しないと言ったのは方便《ほうべん》だが、美麗には自信があった。

文官として天星宮に出仕していたという伯達の教養は、客観的に見てもかなりのものだ。美麗の知る限り、伯達以上の人は誰ひとりとしていない。その伯達の薫陶を受けた自分よりも書物に通じている人が、市井にそうそういるとも思えなかった。

たいていの男は、一度美麗に言い負かされると、すごすごと逃げ帰り、それっきり近寄ってはこなくなるが、まれに、あきらめの悪い男もいる。

中でも、この陳さんのあきらめの悪さと言ったら尋常ではない。ほんとうに人の話を聞いているのか疑いたくなる。案の定、あれほどはっきり言ってやったというのに、陳さんが引き下がってくれることはなかった。

「美麗。美麗。頼むよ～。僕のお嫁さんになってくれよ～」

「お断りします」

「僕のお嫁さんになってくれたら、きれいな着物だって、翡翠《ひすい》の簪《かんざし》だって、いくらでも買ってあげる。どんな贅沢だってし放題だよ」

ああ、もう、できるものなら蹴り飛ばしてやりたい。

傍らでは、店主がどうしていいのかわからないまま、ただ、おろおろしている。

美麗は、陳さんをにらみつけ、きっぱりと言い放った。

「子曰《しいわ》く、不義《ふぎ》にして富《と》み且《か》つ貴《たっと》きは、われにおいて浮雲《うきぐも》のごとし」

「……へ？」

「子曰く、不義にして富み且つ貴きは、われにおいて浮雲のごとし」

同じ言葉を二度繰り返してやったが、陳さんには通じなかったようで、きょとん、とした顔で美麗を見上げているばかり。

ふいに、戸口のあたりで高らかな笑い声が上がった。

はっとしてそちらに視線を向けると、先ほど妓楼の前で出会ったあの派手な男が、入り口に身体をだらしなく預け、こちらを面白そうに見ている。男の頭には美麗が拾った紅い絹がぐるぐると巻きつけられ、ただでさえ派手な男を更に派手にしている。

「よう。別嬪《べっぴん》さん。また会ったたな」

少しも悪びれることなく飄々《ひょうひょう》と言われて頭に、カッ、と血が上った。

「また会ったたな、じゃないわよ！　あなた、まさか、つけてきたの⁉」

「違う違う。偶然だって。偶然。俺はこの店に用があって立ち寄っただけさ」

ほんとうだろうか？

（怪《あや》しい……）

胡乱《うろん》な目で龍と呼ばれていた男を見ると、男は意味ありげな目をして、にやり、と笑った。

「なんだか、お困りのようだな。別嬪さん」

だとしても、あなたには関係のないことでしょう？

言い返すより早く男が近づいてきて、美麗の袖に取りすがっていた陳さんの腕を掴む。

「ひっ。何するんだっ⁉」

陳さんが悲鳴を上げた。

男は、陳さんを、力任せに、ぐい、と引っ張り上げる。

「この別嬪さんがなんて言ってるか教えてやろうか？」

「放せっ。痛い、痛い。放せ～っっっ」

「汚ねぇ金で贅沢させてもらったたってうれしかねーってよ。おまえ、なんか後ろ暗いことでもやってんのか？」

「ひっ……。ひいぃぃぃぃぃぃっ……」

恫喝《どうかつ》され、震え上がった陳さんは、一目散に逃げていった。あれほどしつこく美麗に言い寄っていたくせに、振り向きもしなかったところをみると、よほど怖かったのだろう。

男が言った。

「助けてやったんだから、礼くらい言えよ」

まなざしには、面白がるような色。

ふいに、この黒い瞳に見とれそうになったことを思い出し、少しだけ胸が騒いだ。

「助けてなんて頼んでないわ」

「あのうらなりは？」

「穀物問屋の若だんなよ。名前は陳さん」

「何か悪事でも？」

「このあたりの大店で役人に賄賂《わいろ》を贈っていない店などないわ。見返りはそれぞれでしょうけど」

男が難しい顔をして黙り込んだ。そういう顔をしていると、さっき、妓女たちと悪ふざけをしていた人とは別の人のようだ。

美麗は、男が考え込んでいるのをいいことに、目の前の男をたっぷりと値踏みした。

よくよく見てみれば、男はなかなか整った男らしい顔立ちをしている。背も高く、肩幅は広い。その腕が力強いことは、妓楼の前でふいに抱き寄せられた時に既に承知済みだ。なるほど。妓女たちがちやほやするのも、わからないでもないような……。

「あなた、論語を読んでいるの？」

美麗の言葉に、男が顔を上げ、にやり、と笑う。男の顔は、また、女たらしのろくでなしに戻っていた。

「なんで？」

「さっきのは論語の中の一節よ」

陳さんにはわからなかったことを、この男は的確に言い当てた。論語を読んで理解していなければできないことだろう。

「たまたまだよ。たまたま」

肩をすくめ、軽い調子で男は言ったが、その態度こそ白々《しらじら》しい。

もしかしたら、見かけどおりの男ではないのかも。

いやいや、待て待て。

こんな髪も結えないような短髪に派手な絹をぐるぐる巻きにし、女物の真っ赤な錦を羽織ったような男が、まともと言えるのか？

あるいは、どこかいい家の次男か三男とか？　跡継ぎの長男と違って、次男、三男は、放蕩《ほうとう》息子のごくつぶしになりがちだ。

それとも、やはり、異国人なのだろうか?

美麗が怪しいものを見る目でじろじろ男をながめていると、男が、ぐい、と一歩、近づいてきた。美麗が一歩あとずさると、男は、再び、一歩踏み出し、距離を詰める。

美麗は、あとずさるのをやめ、男を、キッ、とにらみつけた。

「何よ。言いたいことがあるなら言えばいいでしょう?」

男が笑う。

「別嬪さんは、別嬪さんより書物に通じている男とでなければ結婚しないって言ってたよな」

確かに、言った。だが、そこから聞いていたということは、やはり、この男、美麗のあとをつけてきていたのだ。

「それがどうかした?」

「てことはさ、別嬪さんより書物に通じている男がいたら、その男と結婚するってことだよな」

なんだか微妙に違うような気がしないでもないが、美麗はうなずいた。

「そうね。そういう男が、もし、いたらの話だけど」

「じゃあ、俺と勝負しよう」

「はあ⁉　なんですって？」

「別嬪さんが俺に勝ったら、俺は別嬪さんの言うことをなんでも聞いてやるよ。でも、もしも、俺が勝ったら、別嬪さんは俺の嫁になる。どうだ？」

この男の嫁になる？　自分が？

ありえない。こんな女たらしのろくでなしとなんて一緒に暮らせるわけがない。

「いやよ」

即答すると、男は両手を広げ情けない顔になった。

「えー？　なんで？」

「理由なんてないわ。いやなものはいやなの」

「そんなこと言って、俺のことが怖いんだろ。そうだよな。俺って、見るからに教養に溢れてるもんなー。別嬪さんが、俺にかなうわけないもんなー」

黙っていればいいのだ。何を言われても聞き流していれば。

わかっているのに、つい、言い返してしまったのは、きっと、男がひどく見下したような目を美麗に向けていたからだ。

「馬鹿なこと言わないで。わたしがあなたみたいな人に負けるわけないでしょう」

「じゃあ、決まりだな。勝負だ、勝負」

「あ……」

「約束、忘れるなよ」

早まったと思った。この男は得体が知れない。

一方で、自分が負けるはずがないとも思う。祖父の教えは偉大だ。自分が負けるということは、祖父が負けることでもある。そんなことが有り得るだろうか？

答えは、否《いな》。

（不安に思うことなんて、なんにもないわ）

改めて自分を鼓舞していると、ふいに、男が美麗の腕を掴む。

「どうせなら外でやろうぜ」

「外？　どうして？」

「どっちが勝ちか、周りに決めてもらうためさ」

店の前は大通り。

男は、所狭しと並ぶ露店《ろてん》の間を抜け、買い物客をかき分けていく。もちろん、美麗の腕は掴んだままで。

ようやく放してもらえたのは、広場にたどり着いた時。

呆然と立ち尽くす美麗などそっちのけで、男は露店に並んでいる空《から》の大甕《おおがめ》を指差す。

「おう。ちょっと、それ、貸りるぜ」

「兄さん。どうするつもりだい？」

「いいからいいから。あ。そっちも貸してくれよ」

男があまりにもあっけらかんとしているせいで、いやだと言う機会を逃してしまったのだろう。露店商が唖然としている間に、男は、露店から空の大甕を二つ借りてきて地面に逆《さか》さまに伏せると、一方に自分が腰を下ろし、美麗にはもう一方に座るよう促した。

買い物客たちが向かい合っているふたりに気づいて足を止める。

「なになに？」

「何か始まるのかい？」

それに物見高い露天商たちも加わって、ふたりの周囲にできた人垣の輪はどんどん大きくなっていく。

男が声高らかに宣言した。

「みんな、聞いてくれ！　今から俺はこの別嬪さんと、どっちが書物に通じているかの勝負をする！　俺が勝ったら俺の嫁になるって、この別嬪さんは約束してくれた！　こんな別嬪、そうそういるもんじゃない。だから、俺は、勝つ！　勝って、この別嬪さんを嫁にする！　みんな、俺のこと、応援してくれよな！」

男の言葉に周囲から歓声が上がる。

「兄ちゃん、がんばれ！」

「その別嬪さんは手ごわいぞ！」

「なんたって、並み居る男たちを全部言い負かして蹴散《けち》らしてきた強者だからな！」

美麗は呆気《あっけ》に取られた。

気がつけば、周囲は全部男の味方ではないか。

もちろん、誰ひとり味方がいなくたって自分の分《ぶ》が悪いなんて思いはしないが、他人をそそのかし、たきつける男の巧《たく》みさに、目を瞠らずにはいられない。

よく通る声。明るく力強い口調。端的でわかりやすい言葉。

男は、人の心を捕らえるに足るものを、いくつも備《そな》えている。

だが、果たして、その胸の内は、いかばかりだろうか？

（どうせ、ただのお調子者《ちょうしもの》よ）

美麗が正面から男の顔をまっすぐに見つめると、男はゆったりとした仕草で両手を上げた。

野次馬《やじうま》たちがいっせいに口をつぐむ。

今や、広場の野次馬たちは、すべからく、男の操《あやつ》るがままだ。

男への警戒心をいっそう強くして、美麗は聞いた。

「あなた、よその国から来た人？」

男が答える。

「いや。生まれも育ちも、ここ、華陽だけど、なぜ？」

「そんな格好して恥ずかしくないのかと思って。その頭じゃ、髪も結えないし、冠《かんむり》も載せられないわ」

髪を長く伸ばし、乱れなく結って、冠を被る。それが、きちんとした大人の男というものだ。

だが、男は屈託《くったく》なく笑って言った。

「ある朝、そういうのが全部いやになったのさ。だから、切った。いろいろなものから解き放たれた気がした。今は爽快《そうかい》この上ないね」

うそぶくような口調は、しかし、なぜだか、嘘だとは思えない。

その証拠のように、男の短い髪を吹き上げる風はひどくさわやかに見える。

なぜだか、わけもなく、美麗はうろたえた。乱れたのはほんの少しだったけれど、それでも、確実に、心が騒いだ。

そ知らぬ顔の下に動揺を隠して、美麗は言った。

「あなたは論語を嗜《たしな》んでいらっしゃるようだから、論語からではなく、ほかの書物から出題するわ」

ずるいと非難されるかもと思ったのに、男は涼しい顔をして笑っている。

「どうぞ。ご自由に」

いささかむっとしながらも、美麗は口を開いた。

「では、あなたに問います。『大学の道は』で始まる書を答えなさい」

「はあ？　なんだよ、それ？　俺をバカにしてんのか？」

「いいから、答えなさいよ！　それとも、答えられないの？　答えられないなら、この勝負は、ここで終わりよ」

美麗の言葉に、男は、肩をすくめ、うんざりしたように答える。

「答えは『大学』。質問の中に答えがあるなんて簡単過ぎだろ」

確かに、そのとおりだが、一度も大学という書物に触れたことがない者は、そんなこと、思いもつかないだろう。事実、美麗は、今まで、この質問によって数多《あまた》の求婚者たちを退けてきた。

（今のは、まぐれ？　それとも……）

なんにしても、気を引き締めてかからねば。

唇を噛み締める美麗をよそに、男は両手を上げて周囲の歓声に応えている。

自分が、すっかり娯楽の種にされていることを苦々《にがにが》しく思いながら、美麗は口を開く。

「次、参ります。孟子《もうし》は君子には三つの楽しみがあると言っています。その三つの楽しみとは何か、答えていただきましょうか」

美麗の質問に、男は涼しい顔をしてすらすらと答えた。

「一つ。両親が健在で兄弟も健勝《けんしょう》であること。二つ。天にも地にもやましいところがないこと。三つ。才能のある者を見つけ出して、これを教育すること。以上。これも簡単だったな」

「では、もう一問。中庸には、天下にはよき道が五つあると書かれています。この五つを答えなさい」

「君臣《くんしん》。父子。夫婦。兄弟。朋友《ほうゆう》。ちなみに、このよき道を行うためには、知、仁、勇の三つが大事であるとも述べられている」

「……」

「さあ。次はどうする？　三、五ときたから、次は九経《きゅうけい》でも答えようか？」

九経とは、同じく中庸の中に書かれている言葉で、天下国家を治めるための九つの心得が書かれている。

「けっこうよ！」

さすがに認めざるをえなかった。

「……あなた、やるわね」

『論語』『孟子』『大学』『中庸』は、学問を志《こころざ》す者にとって、大変重要な書物であり、必ず目を通しているはずのものだ。

この男、見た目はともかく、確かに、学はある。

「そろそろ俺の嫁になる気になったか？」

「まさか」

今度は美麗が鼻で笑う番だ。

「あなたの知識がなかなかのものであることは認めます。でも、真《しん》に書を学んだと認めることはできないわ」

「なぜ、おまえにそんなことがわかる？」

「わかるわよ！　その言わんとするところまで深く書を読み理解している人が、昼間から妓楼で遊び呆《ほう》けたりするかしら？」

それは、男に対する痛烈な批判だった。さすがに、男も鼻白《はなじろ》むのではないかと思ったが、男の顔からは余裕たっぷりの笑みが消えることはない。

「あれ？　もしかして、おまえ、妬《や》いてんのか？」

「妬いてません！」

「心配しなくても、俺はおまえ一筋だぜ」

「妓女を相手に軽々しく『愛してる』などとおっしゃる方の言葉など、わたしは、いっさい、信じないわ」

「なんだよ。やっぱり、妬いてんじゃねーか」

周囲からはやし立てるような声が上がる。

「いいぞ、いいぞ。兄ちゃん！」

「もっと、口説けー！」

「〜〜〜」

美麗は、拳《こぶし》を握り締め、唇を噛み締める。

（なんっっって、腹の立つ男なのかしら）

ああ言えば、こう言う。少しもまともな会話が成り立たない。

こうなったら、あらん限りの知識を総動員して、完膚《かんぷ》なきまでに言い負かしてやる。男が「参った」と言って頭を下げるまで、絶対に許してやるもんか。

「とにかく、勝負はまだ終わってないわ」

いきり立つ美麗とは裏腹に、男は飄々とした態度を崩さない。

「えー。まだ、やんの？　もう勝負はついただろ」

「たったの三問で何がわかるというの？　わたしの知識はこんなもんじゃないわよ」

「……無駄だと思うけど」

「うるさいわね。いくわよ」

美麗は、更に、詩経、書経と出題を重ねていったが、男はその悉《ことごと》くを少しも考えることなく答えていく。

愕然とした。

（この男、すごい……）

でも、自分だって負けていないはず。いや、今まで数々の教えを授《さず》けてくれた祖父のためにも、負けるわけにはいかない。

「では、次は、老子《ろうし》。聖人は……」

なかば喧嘩腰《けんかごし》だった。

美麗《みれい》は、荀子《じゅんし》、墨子《ぼくし》、韓非子《かんぴし》など、自身が知りうる限りの書物からありとあらゆる言葉を引用したが、男はことごとくそれに答えていく。

次第に焦《あせ》りがこみ上げてきた。

(なんなの？　この男は……)

とにかく、普通でないことだけは確かだ。

あるいは、祖父である伯達をもしのぐかもしれない。

「褒めてあげるわ。わたしにここまでさせたのは、あなたが初めてよ」

「それは光栄至極《しごく》」

男は美麗に向かって頭を下げてみせた。美麗の言葉がただの強がりでしかないことなど見抜いているだろうに、わざと恭《うやうや》しい態度を取ってみせるあたり、ほんとうに忌々《いまいま》しい男だ。

「それだけの知識があれば、天星宮で皇帝陛下にお仕えすることもできるでしょう。なのに、どうして、正しき道を選ぼうとせず、昼間から遊び歩いているの？」

「……さあ。どうしてかな……」

「これまでかなりの努力をしてきたはずよ。今のままでは、その努力も全部無駄になってしまう。あなたはそれを惜しいとは思わないの？」

あたりは、しん、と静まりかえっていた。野次馬たちは、固唾《かたず》を飲んで美麗と無頼《ぶらい》の男を見守っている。

男の黒い瞳がまっすぐに美麗を見つめていた。

礼節をわきまえず、口を開けば、こちらの気持ちを逆撫でることばかり。その顔を見ているだけで、忌々しさのあまり、鳩尾のあたりがムカムカしてくるような男だが、相変《あいか》わらず、そのまなざしだけは、頭の芯まで響いてくるほどに清冽《せいれつ》だ。

（あなたは、誰？）

思わず心の中で問いかけた言葉が届いたわけもないのに、男の瞳に密《ひそ》やかに翳《かげ》が落ちる。

（あ……）

胸の奥を掴まれたような気がした。

男の身体のどこか奥深いところに眠る憂《うれ》いが、美麗の心の奥底に風のように忍び入る。

だが、それも一瞬のこと。

男は、人を小馬鹿にしたような笑顔に戻って、うそぶくように言うのだ。

「お褒めに預かって恐縮だが、知っていることと、それを実際に役立てることは別物なんだよ」

「そうであってはいけないと、論語には書かれているわ」

「だとしても、それができるのは君子だけ。俺は君子のなり損《そこ》ないなのさ」

男の口調は軽かったが、その奥には有無を言わせないような強い調子が隠れていた。

気圧《けお》され、黙り込んでしまった美麗に、男がにやにや笑いながら提案する。

「それより、別嬪さん。考えたら、別嬪さんが一方的に質問して俺が答えるっていうのはちと、不公平じゃないか？」

「そ、そうかしら……」

「今度は、俺が質問するから、別嬪さんが答えてくれよ」

「でも……」

「いいじゃねーか。次の一問で終わりにする。もし、俺の質問に別嬪さんが答えられたら、俺は、もう、二度と、別嬪さんには近づかない。約束するぜ。ここにいるみんなが証人だ。なあ！　みんな!!」

周囲から歓声が上がった。

皆、興味津々《しんしん》の面持《おもも》ちで美麗をじっと見ている。

とても「いやだ」とは言えない雰囲気だった。何より、敵前逃亡なんてしたくない。そんなことをしたら、自分で自分を許せなくなりそうだ。

「わかった。受けて立つわ」

満面の笑みを浮かべて、男が言った。

「いくぜ。別嬪さん」

「望むところよ」

「では、別嬪さんに問う。『川の上《ほとり》に梧桐《ごとう》生じ、山の下《ふもと》に醴泉《ゆうせん》湧きいづる。鸞鳳《らんぽう》いずくに在《あ》りや』とは、誰の発した言葉か答えろ」

「え……？」

鳳凰とは、聖天子が現れる先触れであり、世の中が平和であることを示す霊鳥《れいちょう》である。梧桐とはアオギリの木のことで、醴泉は甘い水の湧く泉のこと。古来、鳳凰は、アオギリの木以外の木には止まらず、醴泉の水以外の水は飲まないとされている。鸞は鳳凰の雛《ひな》のことであり、以上を踏まえて言葉の意味を考えてみると、『川のほとりにアオギリが生え、山のふもとに甘い水が湧いた。これは、きっと、どこかで鳳凰の雛が生まれたに違いないが、その雛は、いったい、どこにいるんだろう？』といったようなところか。

無邪気によいことが起こるのを期待している言葉のようでもあるが、一方で、これまでの世が太平《たいへい》でなかったことを示唆《しさ》し、その乱れを正す聖天子はもう生まれているぞと宣言しているようでもある。

前後の文脈によって、どちらにでも解釈できそうな言葉だが……。

（誰の言葉か、ですって……？）

見たことも、聞いたこともない言葉だった。

あの庵には、祖父がそらんじていたものを書き留めた書物がたくさんある。書き留めきれなかったものは、祖父が口述し丁寧に解説してくれた。

だが、その中に、今、男が語った言葉があっただろうか？

（わたし、忘れているの？）

それとも、祖父でさえ知らない書物があって、目の前の無頼の男はそれにさえも通じているということか？

祖父の伯達は、天星宮に出仕していた際、自分が目にできるものはすべて読み尽くしたと言っていた。その祖父でさえ知らない書物とは、どんなものだろう？　たとえば、伯達が天星宮を辞してのち見つかったものか？　あるいは、新たに書き加えられたものか。

「どうした？　答えられないのか？」

男の顔がいやに楽しげなのがしゃくにさわる。

「答えられないなら、俺の勝ちだぜ？」

「……う……、ううう……」

美麗は必死になって考えた。今まで蓄えた知識を、頭の隅から隅まで引っくり返すようにして調べたけれど、該当《がいとう》する言葉は見つけられない。

（どうしよう……）

こんなことは生まれて初めてだった。

幼いころから、賢いと言われ続けてきた。天星宮への仕官を目指して勉強している男の子たちにだって、一度も負けたことはなかったのに、どうして、こんな、昼間っから妓楼に入り浸っているような、遊び人のろくでなしなんかに、膝を折らなくてはならないの？

「わ……」

震える唇が一音だけを綴《つづ》った。けれども、その続きを吐き出せない。

頬を強張《こわば》らせる美麗の顔をのぞき込み、男が楽しげに笑う。

「わ？」

「わ……」

「なんだよ。はっきりしろよ。それとも、アレか？　俺を焦《じ》らして、その気にさせる作戦か？　心配すんなって。俺は、もう、その気満々だ。いつでも、来いよ」

カチンと来た。

（なんなの？　その言い草は！）

人を馬鹿にするにもほどがある。

「だから、わかんないって言ってるでしょっっっ！！！！！」

大声で言ってやると、男の笑みが深くなった。

「つまり、負けを認めるってことか？」

「……」

「ああ？　認めるんだよな？」

本音を言えば、絶っっっっ対にいやだ。だが、男の質問に答えられなかったのも確か。

とても言い逃れができるような状況ではない。

ためらって、ためらって、最後まで、抵抗したのち、仕方なく、美麗はうなずいた。

「…………はい」

美麗の手を取り、男が問う。

「別嬪さん。名前は？」

「……高《こう》美麗……」

「よし。美麗。おまえは俺の花嫁だ」

「はあ!?」

「何を驚く？　最初からそういう約束だったじゃないか。なあ、みんな！　みんなが証人だよな!?」

男に問いかけられて、周囲の野次馬たちから、「そうだ。そうだ」「俺たちが証人だ」という声が上がった。

聞こえてくるのは、男を支持する声ばかり。美麗を擁護《ようご》してくれるものは誰ひとりとしていない。

呆然としながら、美麗は男の言葉を反芻《はんすう》する。

たしか、男はこう言った。

『別嬪さんが俺に勝ったら、俺は別嬪さんの言うことをなんでも聞いてやるよ。でも、もしも、俺が勝ったら、別嬪さんは俺の嫁になる。どうだ？』

そして、売り言葉に買い言葉とはいえ、それを認めたのは自分だ。

だからって、おとなしく「はい」なんて言えない。いくら、教養はあっても、得体の知れない女たらしと結婚なんてしたくない。

「ちょ、ちょ、ちょ、ちょっと待って。わたしたち、たった今、知り合ったばかりよ」

ごくごく当然のことを言ったつもりだったが、男は少しも意に介《かい》さなかった。

「恋に時間は関係ないというじゃないか。俺は一目で美麗に惚れたぜ」

「わたしのことなんかなんにも知らないくせに！」

「問題ない問題ない。そういうことは、お互い、これから、おいおい知っていけばいいんだよ」

「は？」

「俺たちはまだ若い。俺たちには長～い長～い時間があるんだ。俺とおまえがじいさんばあさんになるころには、いやでも、互いのことを知ってるだろうよ」

唖然とした。呆然とした。

なんという、強引な理論だ。

いったい、こんな男にどのように対処すればいい？　うかうかしていると、煙に巻かれ、丸め込まれて、取り返しのつかないことになってしまいそう。

野次馬たちは、口々に、「よかったな。兄ちゃん」とか、「いやー、めでたい、めでたい」とか言って、男の勝利を祝福している。

中には、「あの美麗ちゃんを上回るとはたいした男ね。惚れちゃいそう」とか、「あんなにいい男ならあたしが替わりたい～」なんていう、ご婦人方の声も混じっているようだが、もしも、ほんとうに、そう思うなら、ぜひ、替わってさし上げたい。

「待って、待って、待って！　頼むからわたしの話を聞いて!!」

今にも、美麗の腕を掴んで無理やりどこかにさらっていってしまいそうな男を、美麗はなんとか押しとどめる。

「なんだよ？」

男は、ぜーぜーと荒い息を吐いている美麗を見下ろして、不満そうに唇を尖らせた。

「今更約束はなかったことにしろなんて言っても聞かないぜ」

「……わかってる。わかってるわよ……」

言いながら、深呼吸を、一つ、二つ、三つ。

三回もしたのは、もちろん、自身を落ち着かせるためだが、時間を稼《かせ》ぐためでもある。

美麗は、深呼吸をしながら、すばやく思いを巡らせた。

とにかく、ここは、あら捜しでもなんでもいいから、男の勝利が無効となるような点を見つけ出さなくては。

「い、今の言葉！」

「それが何か？」

「確かに、わたしの知らない言葉だったわ。でも、誰の言葉？　出典《しゅってん》は何？」

男が少し思案顔になった。

「うーん……。そう来たかー」

「今後の参考にしたいの。ぜひ、教えてちょうだい」

しおらしい顔をしてみせてはいるものの、美麗の頭の中では、今、反撃の糸口を掴むべく、様々な考えが高速で飛び回っている。

確かに、男の質問に美麗は答えられなかった。

だが、そもそも、男の質問は有効なのか？　男が口にした言葉は、古今の書物から引用されたものではなく、男が、今、勝手に創作したものかもしれないではないか。

だとしたら、この勝負は無効だ。美麗がこの女たらしのろくでなしと結婚しなければならない理由はなくなる。

男が口を開いた。

「あの言葉は……」

固唾を飲んで、美麗は男を見つめる。

「あの、言葉は？」

「王龍鵬の言葉だ」

王龍鵬。

「って、皇帝陛下？」

想像もしていなかった名前だった。

「それ、ほんとう？　怪しいわね。実は、嘘ついてるでしょう」

「俺を疑うのか？」

「疑うわよ。当たり前じゃない。こんな奇抜ななりをして、昼間から遊び歩いているような男に、皇帝陛下のお言葉を直《じか》に耳にする機会なんてあるはずないわ」

勝ち誇ったように言ってやると、男が小さく肩をすくめる。

「そりゃ、直に聞いたことはないが……」

「ほら、ごらんなさい」

「でも、嘘じゃない。今のは間違いなく皇帝である王龍鵬の言葉だ。なぜなら……」

男の顔に満面の笑みが広がる。

男は告げた。明るく、朗《ほが》らかに、軽やかに、しかし、きっぱりと。

「なぜなら、俺が、その王龍鵬だからな」

皇帝？　こんな珍妙ななりをした男が？　この国の民《たみ》すべての未来をその一身に担《にな》う、この国で一番で偉《えら》い人？

「まさか」

美麗は、張りつめていた肩の力を抜き、くす、と笑いを漏らす。

「そういう冗談はおやめなさい。皇帝陛下の名を騙《かた》ったかどで、お役人に厳し～く罰せられるわよ」

「信用しないのか？」

「逆に、それでどうして信用しろと言えるのか、こちらが聞きたいわ」

「しょうがないなぁ」

男が、すっ、と右手を天に差し伸べる。

（いったい、何をするつもりなの？）

男の指が、ぱち、と鳴った。

すると――――。

周囲の人垣の中から、わらわらと男たちが現れて、自らを皇帝だと名乗った男の足元にひざまずいた。露天商や買い物客の姿をしているものがほとんどだが、中には、お役人や、臙脂《えんじ》の衣に鎧姿《よろいすがた》の兵士もいる。皆、一様に屈強《くっきょう》そうだ。

派手な身なりの男は、戸惑う美麗に人差し指を突きつけ、兵士に号令をかけるような大きな声で言った。

「皆の者。聞くがよい！　朕《われ》はこの女が気に入った！」

「は？」

「今からこの女を天星宮に連れて帰って後宮に入れる！」

「へ？」

「誰か、俺の馬を！」

呆然とする美麗をよそに、人垣の後ろから、馬を連れた男がしずしずと進み出てきた。馬を見る目などない美麗でもわかる。大きくて、毛並みのよい、立派な黒毛の馬だ。

男は、馬の手綱《たづな》を取ると、もう一方の手を美麗に向かって差し出した。

「来い。美麗」

「え……」

「これより、そなたは朕の妃《きさき》だ」

否《いや》も応《おう》もなかった。

強引に腰を抱き寄せられたかと思うと、次の瞬間には、もう、馬の背中で、しっかりと男の腕に抱き締められている。

「行くぞ！　しっかり捕まっていろよ！　でないと、振り落とされるぞ!!」

楽しげに言って、男は笑った。

疾風《しっぷう》のように駆け出した馬の背で、美麗は、わけもわからず、ただ、震えていることしかできなかった。

◇◇◇

天星宮は巨大な宮殿だ。

初代皇帝によってこの宮殿が建設される前には、ここに三つの村があったというが、それもうなずけるほどの規模だった。

ずらりと門番が並ぶ正面の門から入ると、まず、役所や学校が立ち並んでいる。奥側が後宮。ここに、皇帝の寵妃《ちょうき》たちが住む房《ぼう》があり、広くて美しい庭園は、一部が市民にも開放されていた。

中央の最も高い場所にそびえ立っているのが朝殿《ちょうでん》で、ここで、皇帝は、朝参《ちょうさん》してくる官吏《かんり》と接見をしたり、政務を執り行ったり、休んだりする。

それ以外にも、天星宮の中は、機織り、陶芸、工芸等の工房や、畑、果樹園を擁《よう》していた。天星宮の中で使用されるものは、基本、天星宮の中でまかなう。それが古くからの慣《なら》わしだからだ。

華陽の都のどこにいても、天星宮を見ることができる。天星宮は、いつも、そこで華陽の都を見下ろしている、人々にとっても、大変近しい存在だった。

とはいえ、天星宮を見たことはあっても、その中に足を踏み入れたことがある者はそう多くないだろう。

だから、男が、美麗を横抱きにしたまま、馬で天星宮の正門を突っ切った時には、心底驚いた。

門番たちは、馬で駆けてくる男を見るやいなや、さっと横にそれて道を開いたのだ。

それでも、まだ半信半疑だった。だって、この大国の皇帝ともあろう方が、こんなに、いかがわしく、いいかげんであってよいものだろうか？　この男の風体《ふうてい》では、どう見たって、勝手に皇帝の名を騙っている不届き者だろう。

だが、馬が奥へ奥へと進んでいくうちに、その思いも揺《ゆ》らいでいく。

馬上の人が誰かを認めた途端、人々は、急いで道を開けた。そうして、誰もが恭しい態度で頭《こうべ》を垂《た》れる。下級官吏や宮女ばかりではない。見るからに豪華な衣装に身を包んだ高級官吏と思われる者も、立派な鎧に身を包んだ将校たちも、全部だ。

（もしかして、ほんとうに、皇帝陛下なの……？）

戸惑いが絶望に変わったのは、朝殿に至る長い長い階段の前で男が馬を止めた時だ。

「降りるぞ」

「え……？」

「ここから先は、いくら俺でも馬では行けないからな」

男は、先に馬を下りると、馬の背でがたがた震えていた美麗を抱き下ろした。

すぐに、兵士たちの中で一番位が高そうな者が近寄ってきて、恭しく馬の轡《くつわ》を取る。

「お帰りなさいませ。皇帝陛下」

（陛下……？）

確かに、今、この兵士は『皇帝陛下』と口にした。

（この男が皇帝……？）

こんな、珍妙な格好をした、品性など欠片《かけら》もないようなろくでなしの遊び人が？

信じ難い事実に、目を大きく見開き、ただ唖然とするばかりの美麗を見て、兵士がおずおずと問いかける。

「お、おそれながら、皇帝陛下、こちらの女人《にょにん》は……」

皇帝陛下と呼ばれた男が答える。

「新しい妃だ。美人だろう？」

「お、お妃さま……、ですか？」

「ただいまより朕は妃と過ごすゆえ、誰も邪魔をするなよ」

「いかにも好色そうな笑みを浮かべてそう言ったあと、皇帝王龍鵬は美麗を軽々と肩に担《かつ》ぎ上げた。

驚きのあまり、美麗は暴れることも忘れている。

よく、頭が真っ白になると言うが、まさにそんな感じ。こんなふうに、自分の頭も身体も使い物にならなくなるのは、美麗にとって、初めての経験だ。

穀物の入った袋か何かのように美麗を担いだまま、急な階段を駆け上がり、龍鵬は何千もの兵士が居並ぶ広場を抜け、建物の中に入る。

最初は、きらびやかに装飾された部屋で、次は、それよりも小さく少し簡素な部屋。

そのどちらにも、官吏や宮女たちがいたが、彼らは、龍鵬の姿を認めると、少しだけ困ったような顔をして、うつむいてしまう。

皇帝が珍妙ななりをして、見慣れぬ女を担いでいるというのに、皆、少しも驚かないところを見ると、こういうことは、よくあることなのかもしれない。

やがて、小さな門が見えてきた。

門をくぐると、そこは、回廊で、中央は池になっていた。回廊には陽射しを遮《さえぎ》るように白い薄布が張り巡らされ、池の中では睡蓮《すいれん》が鮮やかな蕾《つぼみ》をつけている。

とても、美しいところだった。

だが、しかし、今の美麗にはそれを堪能している余裕もない。

龍鵬は、人ひとりを担いでここまで来たというのに、少しも衰えることのない速度で回廊を抜けると、一番の奥の建物の中に入り、そこで、ようやく、美麗の身体を下ろした。

美麗は、両手で自身を抱き締めるようにしながら、ずるずると這うようにしてあとずさる。

美麗が投げ落とされたのは、広い寝台の上だった。四方を鮮やかな紫の錦で囲った寝台は、真っ白な絹で覆われている。

どうやら、ここは寝室らしい。

ここで男が何をするつもりかなんて、聞くまでもなかった。それがわからないほど、美麗は、子供でも、初心《うぶ》でもない——つもりだ。

「ほんとうに、皇帝陛下、なのですね?」

寝台の隅にうずくまったまま、やっとの思いで美麗が震える唇から絞り出した声に、龍鵬は鷹揚《おうよう》にうなずく。

「いかにも。朕こそが皇帝王龍鵬である」

なるほど、皇帝であれば、幼いころから最高の教師たちより最高の教育を受けてきているはず。祖父の伯達をもしのぐのではないかと思えるほどの知識を身につけているのも当然のことかもしれない。

だが、どんなに教養豊かでも、それを実践できなければなんの意味もないではないか。

「ああ。なんということでしょう」

美麗は両手で顔を覆《おお》った。

「礼記《らいき》は、君主に過《あやま》ちがあった場合、家臣として君主をいさめるのは当然のことだし、おそばにお仕えしていながらそれをしない者がいるとしたら、それはいただいた禄《ろく》の分の働きをしていない、すなわち禄盗人《ぬすびと》であるといいましめています。市中から若い娘をさらってくるような乱暴狼藉《ろうぜき》を働いたというのに、ここまで、陛下をいさめる者は誰ひとりいなかった。陛下の周りには、まともな家臣もいないのですね」

「……礼記には、君主をいましめる時には、直接はっきり言うのではなく、遠回しにやんわりと言えとも書いてあるぞ……」

ぼそり、とこぼされた反論など無視して、美麗の言葉はなおも続いていく。

「論語には、君子《くんし》の徳は風なりとあります。君子がよい風を送れば、民草《たみくさ》は必ずその風に従ってよいほうになびくのです。逆を言えば、君子が悪い風を送れば、民もまた、悪いほうになびくのです。皇帝陛下がこのような有様《ありさま》では、下々《しもじも》の者の暮らしが乱れるのも致し方ないことでございます」

美麗の嘆《なげ》きに、龍鵬が、肩をすくめ、ため息をついた。

「美麗よ。おまえが、今、目の前にしているのは皇帝なんだぞ。そのように言いたいことを言えば、皇帝の逆鱗《げきりん》に触れ、極刑《きよつけい》に処《しよ》せられるかもしれないのに、恐ろしくはないのか？」

覆っていた両手から視線を上げ、美麗は挑《いど》むように龍鵬を見つめる。

「このままでは、いずれ、この国は滅びましょう。どうせ、その時失う生命であるならば、今失っても同じ。早いか遅いかだけの違いです」

「おまえは変な女だなぁ」

「わたしよりも、ずっと、ずっと、変な方に、『変』だなどと言われたくはありません！」

毅然《きぜん》として言い返してやったのに、龍鵬は声を立てて笑った。その声は、さも楽しげで、なおかつ、突き抜けるように爽快だ。

「なんと生意気な女だ」

「生意気なのは生まれつきでございます！」

「男の寝所にふたりきりでいるのだぞ。俺としては、国の行く末などよりも先に、もっと、心配せねばならぬことがあるように思うが？」

龍鵬がにじり寄ってくる。

美麗は、あとずさろうとしたが、後ろは、もう、柱だ。逃げ場がない。

「……本気で、わたしを妃にとお望みなのですか……?」

震える声で問うと、龍鵬《りゅうほう》が、また少し、近づいてくる。

「皇帝の寵妃となるのだ。おまえにも不足はあるまい」

「ございます。不足だらけです」

「ほう。どんな?」

「それは……」

美麗は考えた。

どう言えば、目の前の男をあきらめさせることができるだろう?

「あ、あの言葉は……」

「あの言葉? ああ。川の上に梧桐生じ、ってアレか」

「あの言葉は何かの書物に載っている言葉ですか? それとも、あの場で陛下が思いつかれたもの?」

龍鵬は、少し考えたあと、おもむろに答える。

「……とりあえず、今のところ、なんの書物にも書かれてはいないな」

「陛下とわたしの勝負は、どちらが書物に通じているか、だったはず。書物に書かれていない言葉は無効です」

快哉《かいさい》を叫びたい気持ちだった。

これで、この男から逃れられる。そう思ったのに……。

「確かに、どちらが書物に通じているかを競う勝負だったが、別に、過去にしたためられた書物に限るとしたわけではないし、あれは、近い将来、書物に載ると決まっている言葉なのだから、あながち無効とも言えまい」

「なぜ、未来のことがわかるのです？　近い将来、書物に載るとは限らないではないですか」

「いや、載る。俺が載せると言えば載るんだ。なんたって、俺は皇帝だからな」

「卑怯《ひきょう》な！」

なんという、詭弁《きべん》。なんという、不条理。

わなわなと震える美麗に、龍鵬が更に近づき、ついに、その手が美麗の肩を掴んだ。

大きな手だ。その指は、びっくりするくらい力強く、掌はあたたかい。

「いや……。やめて……。離して……」

か細い声で訴えるが、元より聞き入れられるはずもなく、引き寄せられ、広い胸に抱き込まれて、頭の芯が、カッ、と熱くなる。

これが男の身体というものか。

馬の背にいた時にも抱き締められてはいたが、あまりにも呆然としていたせいか、あの時のことは、あまり覚えてはいない。

だが、今、こうして改めて触れてみると、男の体温の、なんと生々しいこと。

龍鵬は、美麗の顎を取り、低い声でささやくように言った。

「俺のものになれ。美麗」

唇に吐息が触れるほどの近さで、龍鵬がささやいた。

美麗は、唇をきつく噛み締め、ふるふると首を横に振る。

「なぜ、拒《こば》む？　先ほど、おまえは、いずれ死ぬなら今死ぬのも同じと言ったではないか。死ぬことに比べれば、男のものになるくらい、容易《たやす》いことだろう？」

「……自身の義に従って死ぬのは名誉でございます。でも、女を辱《はずかし》められれば、その恥辱は死をもってしても雪《そそ》ぐことはできないでしょう」

「口の減らない女だ」

「……っ……」

「だが、もう、逃がさない。俺はおまえを俺にものにすると決めた」

龍鵬の顔が近づいてくる。

美麗は、龍鵬の胸に両手をつき、なんとか逃れようともがいたが、いくら抵抗してみたところで、龍鵬にとっては、子供がじゃれているのも同じだ。

（もう、だめ……）

この強い男に抗《あらが》う術《すべ》など、どこにもない。

（犯《おか》される……）

美麗が、ぎゅっと目を閉じ、身を強張らせた、その時――。

いきなり、バーン、という派手な音と共に、部屋の扉が開いた。

入ってきたのは、灰色に黒で縁取りをした地味な衣姿の若い男。その男は、無言のまま、寝台のそばまでつかつかと歩み寄ると、龍鵬の背後からその耳をつねり上げる。

「痛っ。痛い痛い痛い」

悲鳴を上げる龍鵬。裏腹に、その若い男は笑顔だ。

「当たり前です。痛いようにやっているのですから」

「ううう」

「いやがる女性に無体《むたい》を働く不逞《ふてい》の輩《やから》には、この程度のおしおきでは足りないくらいですよ」

「冗談だよ！　冗談冗談。ちょっと美麗のことをからかっただけだって。俺がいやがる女に無理強いするわけないだろ！」

龍鵬の必死の言い訳が聞き入れられたのか、ようやく、灰色の衣の男の指が龍鵬の耳から離れた。

龍鵬は、痛む耳を両手で撫でながら、振り向いて、その男をにらむ。

「ひどいぞ。青文《せいぶん》」

「ひどいのは陛下のほうです。ご覧なさい。あんなに脅《おび》えていらっしゃるではないですか。嫌われても知りませんよ」

ぴしゃりと言われて、龍鵬がそっぽを向いた。

「いいもん。その女は特別だもん」

「……特別……？」

「そう。この世で一番頭と口が回り、ついでに、この世で一番生意気な女だ。並みの扱いでは、手に負えないじゃじゃ馬だよ」

青文と呼ばれた男が美麗を見る。切れ長の目元は涼しく、まなざしはやわらかだった。だが、一瞬にして何か冷ややかなものに包まれでもしたかのように、美麗の背筋に寒気が走る。

値踏みされているのだと思った。この灰色の衣の男は、美麗のことを、皇帝が相手をするに相応《ふさわ》しい女か見定めようとしている。

ふいに、男の涼しい目元に笑みが浮かんだ。

「失礼をいたしました。私は、陛下のお身の回りのお手伝いをさせていただいている、無位の雑用係でございます」

「雑用係……？」

「はい。名は呂青文《りょせいぶん》と申します。何かご用がおありでしたら、なんなりとお申しつけくださいませ」

ゆったりと穏やかな口調。そつのない物腰。わずかに口角の上がった薄い唇にも、切れ長の目元にも、隠しようのない知性が漲《みなぎ》っている。

一目で、頭の切れる男だとわかった。

(こんな男が雑用係……?)

確かに、身なりは質素だ。灰色の衣は麻で、刺繍《ししゅう》一つ施《ほどこ》されてはいない。市中の裕福な家の下働きが着ているものと、そう大差はないように思える。

だが、先ほど呂青文が龍鵬をいさめた時のあの態度。あれが、無位の雑用係のものだろうか? そのような卑《いや》しき者が、皇帝の身に触れ、あまつさえ、耳をつねり上げるような真似をして、許されるだろうか?

疑念は残ったが、美麗は胸の奥にそれを収める。

龍鵬は呂青文を咎めなかった。美麗には想像もつかないが、あるいは、このふたりの間には、位や階級といったものとは何か別のつながりがあるのかもしれない。

「たとえ、無位であっても」

と、美麗は呂青文に向かって言った。

「陛下をお慕《した》いする心は有位の方々と同じでしょう」

呂青文が恭しくうなずく。

「陛下には真心をもってお仕えいたしております」

「争臣《そうしん》ふたりあれば、とも申します。あなたのような方がおいでなら、この国も、もうしばらくは安泰《あんたい》でございましょう」

身分のある家に、主人の過《あやま》ちをいさめる家臣がふたりいれば、その家は損なわれることはないという意味の言葉の一部を引用してみせると、呂青文の顔に、にっこり、と笑みが浮かんだ。

「荀子《じゅんし》でございますね」

美麗も、にっこり、と笑い返す。

(やっぱり、この人、できるわ)

龍鵬の知識もすばらしかった。見た目は色々と問題有りだが、さすがは皇帝と言っておこうか。

でも、呂青文は？　無位の雑用係に荀子は必要な知識だろうか？

もちろん、美麗のように、ただ、書を読むのが好きなだけという可能性もなくはないが、なんとなく、腑《ふ》に落ちなかった。

このまま埋もれさせておくには惜しいこの才能を、なぜ、龍鵬は無位の雑用係などにとどめておくのだろう？　才能は、使ってこそ価値があるはずのものなのに。

少し、もやもやとした気持ちで考え込んでいたせいかもしれない。

「お嬢さま。お名前をお伺いしてもよろしいでしょうか？」

ふいに、呂青文に問われ、一瞬、言葉が遅れた隙に、龍鵬がふてくされた声で答える。

「高美麗だ。今日から俺の妃になったから」

すぐに、美麗は言い返した。

「わたしはまだお受けするとは言っていません！」

「ほらな。変わった女だろう？」

龍鵬は呂青文に向かって大げさに肩をすくめてみせる。

「俺みたいないい男に言い寄られて拒むなんて信じられない。女の風上《かざかみ》にも置けないぞ」

「男の風上にも置けない方に言われたところで、痛くもかゆくもありません」

それを聞いて、呂青文が思わずといった様子で噴き出した。衣の袖を口元に当て、顔を背《そむ》けてはいるものの、くっくっというくぐもった笑いは隠しようもない。

「おい。青文。笑うな」

じろり、と龍鵬が呂青文をにらんだ。

だが、よほどおかしかったのか、呂青文は、まだ、肩を小刻みに震わせている。

「……お許しを……。陛下……」

謝罪する声も、溢れ出る笑いに遮られ、途切れ途切れだ。

「大変、仲がおよろしいようで……、喜ばしいことでございます……。喜ばし過ぎて、笑いが、止まらない、ので、ございます……」

「呂青文」

「このように、美しく、賢いお妃さまをお迎えできるとは、今日はめでたき日です。ああ。なんと、喜ばしいこと」

いったい、今の会話のどこをどう聞いたら『仲がおよろしい』などと言えるのだろう？

自分と龍鵬の言葉はちっとも噛み合っていないではないか。

むしろ、犬猿の仲とでも言われたほうが、まだ納得できる。

呂青文は、静かに床にひざまずくと、両手を合わせ、美麗に向かって深々と頭を下げる。

「お嬢さま。私からもお願い申し上げます。どうぞ、後宮においでくださいませ」

「でも……」

「聞けば、陛下は、大勢の民の前で、あなたさまを妃にするとおっしゃって、ここまでお連れ申し上げたとのこと。今ごろ、華陽の都はその噂でもちきりでございましょう。それでも、お帰りになるとおっしゃいますか？　敢《あ》えて、人々の噂の種になりたいと仰《おお》せでございますか？」

確かに、皇帝の妃になるということは、大変名誉なことだと考えるものは多いだろう。

そういう人たちは、いくら美麗が自分が断ったと訴えても信じてくれないに違いない。

『あの子、なぜ、帰ってきたのかしら？』

『もしかしたら、皇帝陛下のお気に召さなかったんじゃない？』

『お気に召さないって、どこが？』

『それは――――』

ああ。誰かが噂している声が聞こえてくるようだ。

そうして、あることないこと、噂される。おそらくは、美麗にとって不名誉な噂が、華陽の都じゅうを駆け巡ることになる……。

「私は、ほとぼりが冷めるまで、お帰りにならないのが、お嬢さまのためにもよいと存じます」

「でも……、わたし……」

「もしも、しばらく、天星宮でお過ごしいただけるのであれば、その間不自由がないよう、万事《ばんじ》つつがなく取り計らうことを、この呂青文がお約束いたします」

ふ、と肩から力が抜けた。

(危ない、危ない)

あやうく、呂青文の言葉に、丸め込まれ、流されるところだった。

美麗は、ため息をつき、呂青文を見つめる。

「雑用係さまは大変な策士《さくし》でいらっしゃいますこと。高圧的に命令したところで反発されるだけだと見て、理詰《りづ》めでわたしを追い詰めることになさったのね」

「まさか。そのような」

呂青文の口元に、に、と笑みが浮かぶ。

「私は真実を申し上げたまででございます」

龍鵬が言った。

「あきらめろ。美麗。口で青文に勝てるヤツはいねーよ」

「お褒めに預かり光栄です。陛下」

「褒めてねーし」

笑い合うふたりは、とても主従のようには見えなかった。ふたりの関係に最も似合う言葉を探すとしたら、皇帝と無位の雑用係のそれには決して相応しいとは言えない言葉しか見つからない。

警戒心と同時に、興味が湧いた。無位の雑用係には不必要なほどの頭脳を持つ男にも、身分の低いその男に悪し様《あざま》に扱われても咎めない主にも。

気持ちが高揚してくる。彼らをまとめて言い負かしてやったら、さぞかし気持ちいいだろうと思うと、なんだか、胸がわくわくする。

微笑みさえ浮かべて、美麗は言った。

「わかりました。わたしも、つまらない噂で心を煩《わずら》わせたくはありません。しばらく、天星宮でお世話になるのも悪くないかもしれませんね」

「では、後宮においでいただけるのですね？」

美麗はうなずいた。

「ええ。でも、それには条件があります」

「条件？」

「はい。陛下。この裏手は後宮だと聞きました。後宮には寵姫の方々が幾人《いくにん》もおいででしょう？」

龍鵬が答える。

「それは、まあ、いるな。確かに、いる」

「わたしは、わたしだけを愛してくださる方とでなければ結婚はいたしません。子供のころから、そう決めていたのです。これは、たとえ、皇帝陛下がお相手であっても、譲れないことなのです」

「うーん……」

「陛下が、後宮においでの姫君たちを全部里にお返しになって、わたしひとりを愛してくださるというのなら、わたしも誠意をもってお応えいたします。でも、そうでないのなら、わたしは、陛下の寵愛《ちょうあい》をお受けするわけには参りません」

どうだ、と思った。

この、いかにも女好きそうな男が、後宮に侍る寵姫たちを手放すはずがない。それくらいなら、美麗を帰すに決まっている。

龍鵬は、いやに真剣な面持《おももち》をして、しばし考え込んでいた。

(後宮に侍る女たちがそんなに大事なのね)

いささか呆れながらも、美麗が勝利の手応えを感じていると、龍鵬がふいに声を上げる。

「青文。筆と紙」

はっとして、呂青文は龍鵬を見つめた。そのまなざしは龍鵬に何か問いかけるようでもある。

龍鵬が言った。

「聞こえなかったのか？　青文。筆と紙を持ってこい」

再び促され、うなずいた呂青文は、一度寝室を退き、すぐに、指図されたとおりのものを持って部屋に入ってきた。

龍鵬は、筆を取ると、澱《よど》みのない筆遣いで紙に何かをさらさらと書きつける。

「これで、どうだ」

見せられたのは、後宮の寵妃たちに当てた文で、そこには、忌々しいほどの達筆で、暇を出すので実家に帰るようにと書かれている。

龍鵬は、それを呂青文に渡して然《しか》るべき処理をするよう命じると、改めて、美麗に向き直った。その顔には、にやり、と意味ありげな笑みが浮かんでいる。

「ちょうどよかった。あの女たちにも、飽《あ》きたところだったんだ」

「そんな……」

美麗は、両手で顔を覆い、首を左右に振った。

信じられない。まさか、自分ひとりを得るために、そこまでするなんて。

「なんと惨《むご》い仕打ちをなさるの。気まぐれにもほどがあります」

「なぜ？　おまえが望んだことではないか」

「それは……」

確かに、そうだ。それはそのとおりだが、自分が望んだのは、こんな結末ではなかった。

「おまえが気にすることはない。あの中に、太子《たいし》の母となるに相応しい女はいなかった」

「……陛下……」

「おまえはどうかな？」

「わ、わたし、は……」

「これから、じっくり品定めさせてもらうとしようか」

どうしよう？

（このままでは、ほんとうに後宮に入れられてしまうわ）

頭をよぎったのは祖父の伯達のこと。伯達は病身《びょうしん》だ。美麗がいなくなったら、いったい、誰が伯達の面倒を見るというのだ？

「お、お待ちください。やはり、無理です。わたしは後宮に入ることはできません」

「なんだよ。まだ条件があるのか？」

呆れた顔で龍鵬が腕を組む。

「言ってみろ。今度はなんだ？」

「わ……わたし……、わたしは両親を早くに亡くし、祖父に育てられました。祖父は、わたしにとって、祖父であるだけでなく、父であり、母であり、師でもあります。その祖父の許しがないうちは、わたしは後宮に参るわけにはいきません」

「それは……、まあ、そのとおりだな」

うなずく龍鵬の隣で、呂青文も恭しく言った。

「何ごとにも筋というものがございますし、筋は通すべきです。そういうことであれば、早速お祖父さまにお許しを頂戴《ちょうだい》しに上がりましょう」

龍鵬も呂青文も『なんだ、そんなことか』とでも言いたげだが、伯達が承諾することはないだろう。

祖父の伯達は、以前、天星宮に出仕《しゅっし》していたというが、その時のことはあまり語りたがらない。美麗が天星宮のことを聞こうとしても、話をそらしてしまう。

たぶん、伯達には、何かよくない思い出でもあるのではないか。だから、天星宮でのことを何も言わないのではないか。

美麗の想像どおりだとしたら、そんな場所に美麗が行くことを伯達はよしとしないはずだ。

「して、お祖父さまは今どちらに？」

聞かれて、美麗は素直に答えた。

「都の外れの川のほとりにある庵にいます。祖父は病《やまい》を得て臥《ふ》せっているのです」

「それはお気の毒に……。病は重いのですか？」

「最近は床についたままでいることが多くなりました」

「医者は？」

「貧乏暮らしで、そんな余裕はありません」

美麗の言葉に、さすがの呂青文も押し黙る。

「祖父がいなくなったら、わたしは、この世でひとりぼっちになってしまいます。祖父には元気で長生きをしてほしい……」

それは、偽りのない本音だ。やはり、祖父を放って後宮に入れるわけがない。

うつむく横顔に視線を感じて、そちらを見ると、龍鵬の黒い瞳がまっすぐに美麗を見つめていた。その深淵は、どこまでも、どこまでも、底知れず澄んで、知らず知らずのうちに、美麗の心を引き寄せる。

あわてて、美麗は視線をそらした。

あの瞳はいけない。見つめられると、調子が狂う。

なんだか、どぎまぎして、落ち着かない気分でいると、呂青文が恭しい声で言った。

「お祖父さまのお名前をお伺いしてもよろしゅうございますか？」

美麗は、ためらいながらも、口を開く。

「祖父は高伯達と申します」

祖父の名を口にした時、呂青文がわずかに表情を変えたように見えた。

けれども、すぐに、そつのない微笑《ほほえ》みに取って変わられる。食えない男は、自身の表情を取り繕うことにも長《た》けているらしい。

「かしこまりました。お嬢さまのお祖父さまには失礼のないよう、この呂青文が万事取り計らいます。ご病床にあられるお祖父さまには、努めて穏やかに振る舞うことも重ねてお約束しますので、どうぞご安心くださいませ」

「あの……、わたしは、どうしたら……」

「私がお祖父さまのお許しを携《たずさ》えて戻るまで、しばし、こちらにておくつろぎください。陛下をよろしくお願い申し上げます」

「あっ……。ちょ、ちょっと、待って……」

言いたいことだけを言ってしまうと、呂青文は、美麗が呼び止めるのも聞かず、挨拶もそこそこに部屋から出ていってしまう。

（どうしろっていうの……）

美麗は愕然とした。

密室に、龍鵬とふたりきり。

龍鵬は女好きで手が早い。現に、先刻も抵抗虚《むな》しく手篭《てご》めにされかけた。

呂青文が来て止めてくれたからなんとか事なきを得てほっとしていたのに、また、ふたりきりにするなんて、そんなの、ひどい。

「……っ……」

美麗は、両腕で自分の身体をきつく抱き締め、寝台の上をあとずさった。

のそりと起き上がった龍鵬が、美麗の腕を掴む。

「そんなに脅《おび》えるなよ。なんにもしやしないって」

美麗は龍鵬をにらみつけて言った。

「信用できません」

龍鵬が肩をすくめる。

「言ったろ。いやがる女を無理やりどうこうするような趣味は持ち合わせてない。さっきのは、おまえの反応があんまり面白かったから、ちょっとからかっただけだ」

「ほんとうですか？」

「ほんとうほんとう。無理やりやったって、めんどくさいだけでちっとも楽しめないしな。

そのうち、おまえのほうから『抱いて』って言ってくるまで待つことにするよ」

「絶対に、言いません！」

あけすけな物言いに、羞恥と怒りでカッと頬が熱くなった。

（なんて人！）

こんな男にはつきあいきれない。

「……わたし……、帰ります……」

「使いが帰ってくるまで待てよ」

「でも……」

「眠いんだ。寝かせてくれ。おまえがここにいてくれたら、その間は、誰にも邪魔されずに眠ることができる」

その言葉に、虚《きょ》を衝かれた気持ちで龍鵬を見下ろすと、龍鵬は、美麗の腕を掴んだまま、絹の上に横たわり、既に、寝息を立てていた。

「まあ……」

なんて、寝つきのいいこと。びっくりするのを通り越して呆れてしまう。

（それだけ、疲れていたということかしら）

美麗には想像するべくもないが、皇帝の肩には、おそらく、恐ろしいほどの重圧がかかっているに違いない。

更には、いつも、人の目にさらされ、息をつく暇もないはず。

あるいは、皇帝にはくつろげる場所も時間もないのかもしれない。

さすがに、寵姫と過ごす際には人払いがされるようだが、そうでない時は、この寝殿でさえ、皇帝に安らぎを約束する場所ではないのかも……。

(だから、わたしをここに連れてきたの？)

美麗がここにいれば、その間は誰にも邪魔をされることなく眠れる。もしかしたら、最初から、それが目的だったの？

(……まさか、ね……)

この男が、そんな殊勝な男だろうか？

疲れているのは確かだったとしても、それは、夜通し遊んでいたせいかもしれないではないか。昼間っから、妓楼で妓女といかがわしい遊びにふけっているような男なのだ。きっと、そうに決まってる。

なんとなく、苛立ちがこみ上げてきた。

いっそ、このまま逃げてやろうか。

見たところ、龍鵬はすっかり寝入っている。この好機を逃すなんて、あまりにも惜しい。

だが、結局、美麗はそれを思いとどまった。

無理をしなくても、親代わりである伯達の許しが得られないとなれば、美麗も堂々と伯達の元に帰ることができる。そう思ったからだが、でも、ほんとうは……。

龍鵬は、まだ、美麗の腕をしっかりと掴んだままだ。少しでも美麗が動けば目を覚ましてしまうだろう。

せっかくよく眠っているのに、起こすのはかわいそう。

胸の中のどこかで、そんな気持ちが、少し――ほんの少しだけ、あったからかもしれない。

美麗は、龍鵬を起こさないように気遣いながら、寝台の上に座り直し、龍鵬の顔をのぞき込む。

穏やかな寝顔は、思いのほか整っていた。

意志の強そうな眉。通った鼻筋。尖った顎。

あの生き生きと輝く黒い瞳が伏せられている今は、とても上手な職人が作った俑《よう》のようにも見える。

こうしていると、龍鵬も、身分の高い、立派な人に見えた。

（そりゃあ、そうよね。皇帝陛下なんだもの）

龍鵬は五歳で皇帝の座についた。

皇帝は、この国の民衆すべての主。

その重責《じゅうせき》を、たった五歳の子供が担《にな》えるわけもない。

（いったい、どんな人生だったのかしら？）

今まで考えたこともなかった。

皇帝も、また、人であり、心を持っているのだと頭ではわかっていたけれど、その人の存在は、人であることなど忘れてしまいそうなほど、はるか遠くにあった。

でも、今は、ほんの少し手を伸ばせば、その呼吸にも体温にも触れられる場所に、皇帝王龍鵬はいる。

美麗の心に、ほわり、と何かが忍び寄ってきた。

（この人は、いったい、どんな人なのかしら？）

二

簪《かんざし》を挿された。

瞳に真紅の珊瑚《さんご》をあしらった金細工の龍の簪だ。

別の宮女が、豊かな黒髪を梳り、背中にまっすぐに垂らしていく。

最後に、金色の錦を羽織らせられ、もう一度、髪《くしけず》を整えられる。

横から、鏡が恭《うやうや》しく顔の前に差し出された。

鏡の中には、華美過ぎるほどに、化粧をし、着飾った自分が写っている。

祖父とふたりの貧乏暮らしだったから、今まで、ろくに化粧などしたことはない。衣も地味で簡素なものばかりを好んで身につけていた。

なのに……。

（誰よ？　これ……）

美麗《みれい》は、思わず、心の中で、ため息をつく。

（きらきらし過ぎてて、眩暈《めまい》がしそうだわ……）

いまだに見慣れぬ自分をまじまじと見つめていると、宮女に案内されて呂青文《りょせいぶん》が室内に入ってきた。おそらく、美麗の支度が終わるころを正確に見計らってやってきたのだろう。忌々《いまいま》しいくらい、そつのない男だ。

「後宮というのは、このような道化《どうけ》のなりをしなければ生きていけない場所なのですか？」

苛立ち紛《まぎ》れに厭味《いやみ》を言ってやると、呂青文が苦笑する。

「色々事情があるのですよ」

「え？」

「美麗さまには、思い切り着飾っていただいたほうが、我々にとって都合がよいのです」

美麗のそばに侍《はべ》る宮女たちは、少し離れた場所に退いている。呂青文の声は密《ひそ》やかだった。たぶん、宮女たちの耳には届いていない。そう計算され、美麗にだけ伝えられた響き。

（我々……？　どういうこと？）

問い質すより先に、呂青文が、恭しく一礼し、先ほどとは打って変わった張りのある声で告げる。

「今日も大変おきれいでございますよ。高妃《こうひ》さま」

龍鵬《りゅうほう》の寵妃《ちょうき》となった美麗は、『高妃』と呼ばれる身分となった。苗字の『高』に、皇帝の妃であることを示す『妃』を足して高妃だ。

「その呼び名はきらいです」

「ですが……」

「きらいと言ったら、きらいなの。特に、あなたにそう呼ばれると、なんだか、いっそう道化になった気分になるわ」

美麗は龍鵬の寵妃になりはしたが、それは名前だけだ。実際には、龍鵬とはそのような関係にない。そのあたりの事情は呂青文もよく知っているはずなのに、呂青文はそらとぼけた顔で小首を傾げる。

「では、ほかにどうお呼びすればよいのでしょう？　美麗さま、でしょうか？」

「そうね。そちらのほうが『高妃さま』よりはまだましだわ」

「では、これからは『美麗さま』とお呼びすることにいたします」

にっこり。

（ほんとうに、食えない男ね……）

敵に回したら、これほど厄介な相手もいないに違いない。

美麗がうんざりした気分で、胸の中、ため息をついていると、呂青文が言った。

「美麗さまには、これより、外朝《がいちょう》においでいただきます」

「外朝？」

「朝殿《ちょうでん》の中の一番大きな建物で、陛下が、家臣と謁見《えっけん》なさったり、会議をなさったりするところです。陛下は、毎朝この時間にお出ましになり、皆の朝の挨拶をお受けになりますので、その前に、美麗さまも、どうぞ、朝のご挨拶を」

朝の挨拶？　あの男に？

（冗談じゃないわ）

いくら皇帝だからって、あんな、女にだらしない、いいかげんな男、敬《うやま》えるはずもない。

朝からあの軽薄な顔なんか見たら、一日じゅう、気分悪そう。

だが、美麗の返事など聞きもせず、呂青文は美麗に背中を向けてさっさと歩き出す。

どうせ、「はい」以外の返事は許されないのだろうが、言いなりになるのが当然という
その態度はしゃくにさわった。

いささかむっとしながらも、美麗が呂青文の背中に従うと、宮女たちが美麗の後ろから
しずしずとついてくる。

簪《かんざし》が重い。引きずるほどに長い錦の裾《すそ》が足に絡みついて、歩きにくいこと、この上なかった。

これから、ずっと、こんな、難行苦行《なんぎょうくぎょう》を強《し》いられることになるのか。

（どうして、こんなことに……）

美麗は、そっと、しかし、深い深いため息をつく。

誤算だった。まさか、祖父が美麗が後宮に入ることをあっさり許すなんて。

最初は、何かよからぬ企《たくら》みが仕組まれたのではないかと疑った。ほんとうは使いなど祖

父の元には行っておらず、許しを得たという嘘の言葉だけが皇帝の元に届けられたとしても、自分には、それを暴く術《すべ》がない。

だが、呂青文は言葉と共に伯達《はくたつ》からの書状を持ち帰っていた。どうやら、呂青文自《みずか》らが伯達への使者となったらしい。

見せられた書状は、間違いなく伯達のものだった。

病《やまい》のせいでかすかに震えてはいるものの、それはそれは見事な達筆で、美麗と龍鵬とこの国の将来に幸多かれと祝いの言葉が述べられている。

美麗には、別に、一葉《いちよう》の文が届けられた。

文には、伯達らしい簡素な言葉で「いつも、自分の心に耳を傾けなさい。そして、その心に偽《いつわ》りなく生きなさい。それがおまえの天の道です」と書いてある。

もはや、疑う余地はなかった。

祖父は美麗が後宮に入ることを是《ぜ》としたのだ。

(お祖父さま……。どうして……?)

美麗は祖父の伯達のことを名誉や権力には興味のない人間だと思っていた。むしろ、そういったものを嫌悪しているようにさえ感じられた。

そんな伯達でさえ、孫娘を後宮に入れることを喜ばしいこととして受け入れたのだろうか?

（わたしの気持ちも確かめないで？）

なんだか、見捨てられたような気がした。

祖父の考えがわからない。

それが何よりも悲しい……。

思わず、暗い表情になっていたらしい。見咎《みとが》めた呂青文が、美麗の顔色を窺う。

「美麗さま。お顔の色が悪いようですね。どこかお加減《かげん》でも？」

美麗は、力なく微笑み、首を横に振る。

「いいえ。どこも悪くありません。ただ、お祖父さまのことを、少し、思い出して……」

「ご心配でしょうね」

「呂青文さまはお祖父さまにお会いになったのでしょう？　お祖父さまは、お元気でしたか？」

呂青文の表情がいくぶん曇った。

「お元気でした、と言えば嘘になってしまうでしょうね」

「そう……」

「ただ、気持ちはしっかりしておいででした。美麗さまのことも、とても心配しておいででしたよ」

ああ。では、祖父は、まだ、美麗のことを見捨てたわけではないのか。

胸の奥が、締め付けられるように、せつなくなる。

「祖父は、どうして、わたしを後宮に入れることを許したのでしょう？」

正直に心情を吐露すると、呂青文は苦笑した。

「美麗さまは、お祖父さまが断ると思っていらしたのですね」

自分が画策したささやかな計略を見破られ、いささか決まりが悪かったが、今となっては、それも、もう、笑い話にもならない。

「高伯達さまが美麗さまを後宮に入れることを決意されたのは、美麗さまの将来を案じてのことだと、私は思います」

呂青文の声には、嘘もてらいもなかった。ただ、まっすぐに、美麗に向けられた言葉。

「陛下の妃となられれば、きっと、美麗さまのこの後の人生は安らかなものになるとお考えになったのでしょう」

「なら、なぜ、祖父は天星宮《てんせいきゅう》に来ないのです？」

伯達は、美麗が後宮に入ることは承諾したが、自分が天星宮に移ることは頑《がん》として受け入れなかった。

最初は、あの川原の古びた庵《いおり》から一歩も動かないと言い張っていたのを、呂青文が説得に説得を重ね、今は、華陽《かよう》の都の一角にある閑静《かんせい》な住まいで療養しているという。看護をしてくれる人や身の回りの世話をしてくれる人も、ちゃんとついているそうだから、そのあたりは安心したが……。

「祖父は、昔、天星宮に出仕していました。その時に、たぶん、いやなことがあったのだと思います。だから、自分は絶対に天星宮には戻ってこないつもりなのでしょう。それほどいやがっている場所に、たとえば、わたしが行ったとして、どうしてしあわせになれると思ったのでしょうか？　それが、わたしにはわからないのです」

呂青文が笑った。静かで、何か強い力に満ちた笑いだ。

「そのわけは、陛下がおいおい教えてくださるでしょう」

「陛下が？」

「お祖父さまは陛下に賭けられたのですよ」

「お祖父さまが？」

陛下に？　いったい、どんな賭けをしたというのだろう？

想像しようとして、美麗は早々にそれを放棄した。

祖父の伯達は、短慮《たんりょ》や浅薄《せんぱく》といった言葉とは無縁の人だ。その伯達が、ただの思いつきや、その場の雰囲気に流されて物事を決めるとはとても思えない。

ということは、伯達が「この方なら」と思えるものが龍鵬の中にあったということか？

あの、昼間っから妓楼で遊び呆《ほう》けているような、女にだらしがなく、無責任で、いいかげんな男の、いったい、どこに？

（わたしには理解できないわ）

再びため息をついていると、ふいに、呂青文が歩みを止める。

何気なく顔を上げると、そこに龍鵬がいた。

思わず、顔が強張《こわば》るのが、鏡を見なくてもわかった。

この男が、美麗の未来の手綱《たづな》を握っているのだ。この男の思惑《おもわく》一つで、美麗の運命は右にも左にも否応《いやおう》なく変わっていく。

王龍鵬。皇帝。

この男が掌握《しょうあく》している権力は、それほどに絶大なのだ。

すべてを心得た恭しさで、呂青文が頭を下げたままで後ろに身を引く。

自分のために開かれた道を、それが当然という顔で、龍鵬はやってくる。

立ち居振る舞いは『皇帝らしい』と言えなくもない。胸を張り、背筋を真っ直ぐに伸ばして大股で歩くその姿は、いかにも、堂々としていて、立派に見えた。

だが、羽織っているのは、昨日のものとは別とはいえ、真紅の女物の錦だし、頭には異国人のように赤い絹を巻きつけている。

どこをどう見ても、これから朝の謁見を執《と》り行う皇帝の姿ではない。

「おお。なんと、美しい」

美麗のすぐそばまで歩み寄ってくると、龍鵬は、まず、そう言った。

「いったい、どこの国の姫君がおいでになったのかと思ったが、美麗であったか。見違えたぞ。この世の美女はすべて知っているはずの俺が、まさか、見落としをしていたのかと、一瞬、焦《あせ》ったほどだ」

(それって、褒めているの？　けなしているの？)

美麗は、眉間をぐっと寄せる。

どっちにしたって、ふざけているのは確か。

(ほんっと、いやな男)

皇帝でなければ、この場で蹴り倒した上、邪魔な衣や簪などすべてかなぐり捨て、裾をからげて走って逃げてやるのに。

「お褒めに預かり恐縮でございます」

美麗は、両手を重ねて腰に当て、これ以上はないほどの恭しさで頭を下げる。

「おかげさまで、人形になった気分を味わうことができました。滅多に経験することのかなわぬ稀有《けう》な体験でございましたよ。これも、陛下のお計《はか》らいのおかげでございます。ありがとうございます」

態度だけは慇懃《いんぎん》だが、その実、厭味《いやみ》たらたらな口上だった。

通じたのか、通じなかったのか、龍鵬は眉一つ動かさない。

傍らでは、呂青文が衣の袖で口元を押さえてくすくす笑っている。

思ったほどの効果が上がらなかったことに、美麗が内心歯噛みしていると、龍鵬が余裕たっぷりの態度で言った。

「昨夜はよく眠れたか？」

(眠れるわけないじゃないの)

とは、心の中で言い返した言葉。

夕刻になって、呂青文が伯達からの返事を携《たずさ》えて戻ってくると、龍鵬は美麗を後宮に連れて行くよう命じた。

後宮は、大きな一つの建物ではなく、広大な敷地の中に点在する建物群で構成されている。

中には、数百の寵姫や宮女たちが一同に介《かい》することのできる琥《こ》珀殿《はくでん》、庭園の美しい水晶殿といった大型の宮殿もあるが、多くは、こぢんまりとした瀟洒《しょうしゃ》な房《ぼう》だ。

後宮に入り、皇帝の妃となった女たちは、ひとりに一つ、この房を賜《たまわ》る。

美麗が賜ったのは、牛宿房《ぎゅうしゅくぼう》。後宮の中心部分に位置する、最も大きな房だった。

急遽《きゅうきょ》、美麗を迎え入れたにもかかわらず、牛宿房はきちんと整えられていた。掃除は行き届き、調度は寝室の寝具に至るまで、新品で乱れがない。

おそらく、いつ主《あるじ》を迎えてもよいよう、普段から徹底して管理されているのだろうが、長年使われることのなかった家独特の空気のようなものまでは管理しきれないようだ。

どことなくよそよそしい気配になじめないまま、寝返りを打っている間に朝が来た。

と同時に、なだれ込むようにやってきた宮女たちに、人形よろしく、着替えさせられ、髪を結われ、きっちりと化粧を施されて、今に至る。

表情から、美麗が不機嫌なのを読み取ったのだろう。龍鵬が、苦笑し、肩をすくめた。

「あれ？　眠れなかったのか？　もしかして、牛宿房は気に入らなかった？」

「とんでもない」

と、美麗はそっけなく答える。

「立派過ぎて、わたくしにはもったいないくらいです。ただ、陛下にいただいたお言葉の数々を思い出しておりましたら、あっという間に朝がやってまいりました。それだけでございます」

龍鵬の口元に、にやり、と笑みが浮かんだ。

「なんだ？　それって、俺がいないと淋しくて眠れないわっていうお誘いか？」

「は!?」

「それなら、遠慮しないで、俺の寝所で一緒に寝ればよかったのに。俺は、いつだって大歓迎だぜ」

ついでに、艶《つや》っぽい流し目までくれられて、カッ、と頭に血が上る。

「わ、わたしは、そんなこと、一言も申し上げてはおりません！」

「照れるな照れるな。美麗の気持ちは俺が一番よくわかってるから」

「はあ!? 陛下に、いったい、私の何がわかるというのです？」

「だーかーらー、丸ごと、全部。おまえは慎み深く隠しているつもりかもしれないが、その瞳を見れば、お前の考えていることなど、俺にはすべてお見通しなのだ」

だめだ。この人。

話が通じない。

(馬鹿なの？ もしかして、とんでもないお馬鹿さんなの？)

その頭の中には、あれほどの名著や名言が詰まっているというのに、あまりにも残念過ぎる。

たとえ詩経《しきょう》三百編《ぺん》をそらんじることができても、実際に仕事を任せてみると役に立たない者がいると、孔子《こうし》は嘆《なげ》いたそうだが、ほんと、そのとおり。

せっかくの知識も、活かされないのであれば、それは、ないのも同じだ。

呆れていると、ふいに、腰を抱き寄せられる。

「ちょっ……。な、何……」

するの!?

全部口にするより先に、ひそめた声が美麗を制する。

「黙れ」

「で、でも……」

たまらず、身をよじり、龍鵬の胸を押しやろうとすれば、更に低い声で一喝《いっかつ》される。

「いいから。じっとしていろ」

鋭い声。命じることに慣れた響き。瞳は、すべての者を、そのまなざしだけで従わせてしまうような威圧感に満ちている。

雷にでも打たれたように、身体が、びくん、と強張り、一瞬で動かなくなった。

(いったい、なんなの……?)

自分がこんなになってしまうなんて信じられない。それも、龍鵬の、たった、一言で。

身じろぎ一つできずにいる美麗を、龍鵬は更にきつく抱き寄せた。

身体は、ぴくり、とも動かない。何か得体の知れない呪《まじな》いにでもかけられたように、龍鵬のなすがままになっている。

戸惑いながら、美麗はおずおずと視線を上げた。

龍鵬の顔が息がかかるくらい近いところにある。それだけ、自分たちがぴったりと身を寄せ合っているのだと思い知らされる。

龍鵬の黒い瞳は、やはり冴え冴えと澄み渡っていた。

明るく、力強いまなざし。

「……ぁ……」

思わず、唇から細くこぼれ落ちたため息は、どういう理由によるものだったのだろう。

あのどこまでも澄んでいる瞳に、一瞬、心ごと吸い寄せられそうになった自分に驚いたせいだろうか？

思わず身震いしていると、龍鵬の唇が近づいてきた。

このままだと、龍鵬に唇を奪われてしまう。

（いいの？）

いいわけがない。

でも、抵抗できなかった。黒い瞳に魅入られたように、ただ震えることしかできない。

唇に龍鵬の吐息が触れた。

あと少し。あと、もう、ほんのちょっとで、唇が重なる。

その時――――。

ふいに、龍鵬の背後で人の気配がした。

「おはようございます。陛下」

男の声。若い男ではない。壮年《そうねん》か、初老の男。いささか野太くはあるが、あたりに朗々《ろうろう》と響き渡るような声。たとえば、演説でもさせたらよさそうな。

龍鵬は、美麗《みれい》の腰はしっかりと抱き寄せたまま、首だけを動かして振り向いた。

「おお。誰かと思ったら、相国《しょうこく》ではないか。おはよう。相国」

宮廷で一番偉いのは、もちろん、皇帝だ。皇帝は、すべての国民の父と同じ、とても偉大な存在なのだ。

その皇帝の次に偉いのが、相国、大司馬《だいしば》、御史大夫《ぎょしたいふ》、の三公である。

大司馬は軍事、御史大夫は司法、そして、相国は政治を司る。彼らは、天星宮に出仕するすべての官僚たちの頂点に君臨《くんりん》する高官であり、美麗のような市井《しせい》の娘が、普通であれば、ご尊顔《そんがん》を拝《はい》することさえできないやんごとない方々である。

相国は――たしか、名は羅玄成《らげんせい》といったか――は、家臣の礼の姿勢を取り、やや大げさな言い回しで龍鵬を褒め称《たた》えた。

「本日も、華陽の都は朝の光に満ちております。これと申しますのも、すべては陛下のご威光《いこう》によるもの。陛下の栄華を天も祝福しているのでございましょう」

龍鵬が鷹揚にうなずく。

「そうだろう。そうだろう。なんせ、俺は普段の行《おこな》いがいいからな。相国はほんとうに幸運だぞ。俺のように天に愛された皇帝に仕えることができて」

「もちろん、日々幸運を天に感謝しております」

「そうか。そうか。相国はよくわかっているなぁ」

わっはっは。

龍鵬が高笑いするのを、美麗はうんざりした気持ちで聞いていた。

あんなの、ただのお追従《ついしょう》ではないか。なのに、満足そうに笑っている龍鵬に心底がっかりしてしまう。

（結局、その程度の男だったってことかしら？）

でも、だとしたら、先刻のあれは……。

なんとなく腑《ふ》に落ちないものに戸惑う美麗に、羅玄成が、ちらり、と視線を向ける。

じろじろ見られているわけではない。なのに、羅玄成の視線は刺さるほどに鋭かった。

そのまま、たっぷりと美麗を値踏みしたあと、羅玄成がおもむろに口を開く。

「そちらが、昨日新たに後宮にお迎えになったという女人でいらっしゃいますか？」

あからさまに、美麗を見下した口ぶり。

わかっているのかいないのか、龍鵬は、ぱっ、と笑顔になって美麗の肩を抱き寄せる。

「どうだ。美人だろう？」

「……はい。さようでございますね……」

「一目見た瞬間から、俺はこいつの虜《とりこ》なんだ。こいつのためだったら、国庫を空《から》にしても惜《お》しくはない。西方産の美しい宝石をあしらった簪でも、豪華な錦の着物でも、欲しいものがあればなんでも買ってやるぞ」

龍鵬の薄っぺらい睦言《むつごと》を耳にして、羅玄成が眉をひそめた。

「噂では、そちらの女人に牛宿房をお与えなったとか」

「ああ。そうだが。それがどうかしたか？」

「牛宿房は、先代の皇后さまが後宮を退かれてのち、主を失っておりました。次の主になるのは、私の娘だと思っておりましたが……」

もはや、羅玄成は不満を隠そうともしない。

たぶん、美麗に与えられたあの美しい房は、代々、皇后が住まう慣《なら》わしにでもなっているのだろう。それを、どこの馬の骨ともわからない美麗に、いきなり、ぽん、とやってしまったのだから、羅玄成が不満に思うのも当然かもしれないが……。

「おお。そうか。そういえば、昨日暇を出した者たちの中には、相国、おまえの娘もいたのだったな」

「はい。おりました。ふたりほど」

「急に暇を出したのは悪かったと思っている。でも、こいつがヤキモチを焼くから仕方がないのだ」

龍鵬は、そう言って、美麗に流し目をくれたあと、美麗の肩をいやらしい手つきで撫で回した。

「こいつときたら、『わたしだけを愛してくれる方とでなければ結婚はいたしません』なんてかわいいことを言うんだ。更には、『陛下が、後宮においでの姫君たちを全部里にお返しになって、わたしひとりを愛してくださるというのなら、わたしも誠意をもってお応えいたします』だぞ？　そんなこと言われたら、全員、帰すよりほかないじゃないか。なあ。相国も、そう思うだろ？」

無邪気に同意を求められて、羅玄成が悔しげに口をつぐむ。

その鋭い目が美麗をにらみつけている気がして、美麗は内心落ち着かなかった。

確かに、自分を寵姫にしたいならほかの寵姫は後宮から追い出せと言ったのは自分だ。だが、あれは方便《ほうべん》だったのだ。執拗な龍鵬から逃れるための、ただの交渉術であって、まさか、龍鵬がほんとうにそれを実行するとは思わなかった。

これでは、美麗が、龍鵬の寵愛を独占するために、わがままを言って、後宮に侍る寵姫たちを全部追い出したみたいじゃないか。

このまま羅玄成に誤解されたままだと、大変なことになりはしないだろうか？　恨まれて、いやがらせとかされたら、どうしよう？

（言い訳をするべきかしら？）

考えて、美麗はなぜかためらった。心の奥で引っかかっている何かが、美麗にそれをさせなかった。

龍鵬は、にっこり笑って、羅玄成の肩を、いささか乱暴に、バン、バン、と二回叩く。

「ま、そういうことだから、よろしく」

「……はい……」

「さ。行こうか。美麗」

腕を掴まれた。

「え⁉　いいの、ですか……？」

美麗は驚いて龍鵬の顔を見上げる。

「皆の朝のご挨拶を受けられるのでは……？」

たしか、呂青文はそう言っていた。

「いいんだよ」

甘く微笑んで、龍鵬が答える。

「俺がいなくても、相国たちがちゃんとやってくれるさ」

「でも……」

皇帝なのに？　朝の挨拶を家臣から受けるのは、君主としての責務ではないの？

だが、言うより早く、強引に引っ張られ、龍鵬に従うよう促された。

（やっぱり、ろくでなしね）

龍鵬には、少しも皇帝らしいところはない。

（このままでは国が滅びるわ）

絶望的な気分で、ふと振り向いた美麗の瞳に、怒りも露《あらわ》な羅玄成の姿が映った。

羅玄成の唇が動いている。声にはできない羅玄成の真情が吐き出される。

『ダレノオカゲデコウテイニナレタトオモッテイルノダ？　コノ、オカザリガ』

確かに、いいかげんな皇帝に対して相国が憤《いきどお》りを感じるのは当然だ。文句の一つも言いたくなるのは理解できる。

でも、今のは、そんなものではなかった気がする。

たとえて言うなら、そう、まるで禍々《まがまが》しい呪詛《じゅそ》のような……。

ゾッとした。

思わず、ぶるっ、と身震いすると、龍鵬がそれを目ざとく見咎めて言った。

「どうした？　寒いのか？」

「……いいえ……。いいえ」

美麗は首を小さく左右に振る。

見上げた龍鵬の表情からは、ほんの少し前に感じた、鋭い威圧感のようなものは感じなかった。

なぜだか、それが無性に息苦しい気がして、美麗は、龍鵬にはわからないよう、小さく、小さく、ほ、と息を吐いた。

◇　◇　◇

「陛下はどちらにおいでなの？」

誰かがそう言うのが聞こえた。

別の誰かが答える。

「どうせ、また都の色町じゃないの？」

「えー？　でも、牛宿房に新しい方がお入りになったんでしょう？　ほかの房の方々全員に暇を出すくらいだし、たいそうなご寵愛ぶりだって聞いたのに、なぜ、色町なんかに行くのかしら」

「そんなの、牛宿房の方じゃ満足できないからに決まってるじゃない」

「あんなにきれいなのにねぇ」

「いくらきれいでも、そっちはそっちで、また別ってことなんでしょうよ」

その言葉に、遠慮のない笑い声が上がった。

「しかし、陛下にも困ったものねぇ。国のことは相国さまたちに全部押し付けて、自分は女にうつつを抜かすしか能がないんだから」

「仕方ないわよ。だって、陛下が五歳で皇帝になった時から相国さまが国のことは全部なさってきたのよ。皇帝といっても、陛下は名ばかり。哀れなお人形さんよね」

「これなら、相国さまさえいれば、陛下はいなくてもいいんじゃないの？」

「あーあ。残念。もっとましな皇帝だったら、あたしもお目に留まるようがんばるんだけどなー」

「あれじゃあね。いくら高貴な方でも、あんなろくでなし、こっちからお断りよ」

それ以上は聞くのもいやになって、美麗は、そっと、建物の陰から離れ、その場を立ち去る。

水場の周りでは、女たちが洗濯をしながらなおも噂話に興じていた。彼女たちは、天星宮の雑事を担う下級の宮女だ。

外でならともかく、皇帝のお膝元《ひざもと》である天星宮の中でまで、こんな噂をされてしまうとは、なんと嘆かわしい。驚きや呆れを通り越して、なんだか、悲しくなってくる。

（でも、言われても仕方ないわね）

驚いたことにというべきか、案の定というべきか。龍鵬は政治には何一つかかわっていなかった。会議にはろくに出席しないし、たまに出席したとしても、皇帝らしいことは何もしていない。

龍鵬に代わり、政策を決め、それを執り行うのは、すべて、相国をはじめとする官僚たち。

慣れているのか、誰ひとりとして文句を言う者はいないが、官僚たちの顔を見れば、皆が呆れているのがすぐにわかる。

これでは羅玄成に『お飾り』と言われるのも当然だ。

当の龍鵬は、いったい、どう感じているのだろう？

これだけの噂になっているのだから、下々《しもじも》の者にさえ侮《あなど》られていると龍鵬の耳にも当然届いているはずなのに、少しは身を正そうと……。

(思ってるはずないか)

考えて、美麗は、胸の中、ため息をついた。

あの男が、そんな殊勝《しゅしょう》なことを考えるわけがない。美麗が、どんなに口汚く罵《ののし》っても、全部自分に都合よく解釈してしまうあの男が。

(やっぱり、お飾りで、傀儡《くぐつ》で、役立たずだわ)

でも、それは、龍鵬だけの罪だろうか？

先帝の崩御《ほうぎょ》に伴《ともな》い、龍鵬は五歳で皇帝となった。五歳なんて、まだ、ほんの子供だ。たとえ、どんなに聡明《そうめい》であったとしても、皇帝の重責が背負えるわけもない。

当然、龍鵬がそれなりの年齢に達するまでは、先帝の側近であった重臣たちが龍鵬に代わって国政を担うべきであろうが、と同時に彼らには、幼い龍鵬を立派な皇帝に育て上げるという役目もあったはず。

しかし、重臣たちは、一方の責務は果たしたものの、もう一方は怠《おこた》った。

龍鵬には教養だけはあるようだから、それなりの教育は施されたのかもしれないが、皇帝としてのあるべき姿を龍鵬にしっかり教えなかった、彼らの罪は重い。

重臣たちだけではない。家族だって、何をしていたのか……。

そんなふうに考えて、ふと気づく。

そういえば、先帝の皇后であり、龍鵬の母親である皇太后《こうたいごう》さまには、まだ、一度もお会いしたことがない。

皇太后さまは、まだご存命《ぞんめい》のはずだ。

では、今、いったい、どこに？　もし、天星宮にいらっしゃるとしたら、龍鵬は、なぜ、美麗を皇太后さまに会わせようとしないのだろう？

色々と腑に落ちないことが多い気がする。

はっきりと「これ」とは言えないけれど、なんとなくもやもやした気持ちを振り払えないまま、美麗はあたりを見回し、誰もいないのを確認してから、壁と壁との間にできた窪《くぼ》みに潜り込み、懐《ふところ》から文を出す。

牛宿房には、いつも、誰かがいて落ち着かない。ひとりになれる場所を探して天星宮を彷徨《さまよ》っているうちに、うっかり、宮女たちの噂話まで耳にすることになってしまったが、ここなら、周囲に張り巡らされた壁と健《すこ》やかに育った樹木が美麗を隠してくれるだろう。

文は、三日に一度、美麗の元に届けられる祖父伯達の近況だった。

達筆とはとても言えないものの、心のこもった丁寧な文字と言葉で祖父の病状が綴られているのを見るたび、祖父がとてもよい人たちに囲まれていることを知り、胸があたたかくなる。

一方で、ひどく淋しい気持ちがこみ上げてきた。

ほんとうなら、すぐにも会いに行きたい。龍鵬と出会ったあの日、川原の庵で別れたきりだ。

もちろん、一度後宮に入った者が、そう簡単に天星宮を出入りできるわけではないだろうが、それでも、肉親に会いたいと願い出れば龍鵬もいやとは言うまい。

だが、伯達がそれを望まなかった。

おいでいただくには及ばずと言われれば、無理に会いに行くこともかなわない。遠慮やためらいでそのようなことを言う人とも思えないから、何か考えるところがあるのだろう。

今は、そう自分に言い聞かせて、返事のもらえない文を書き続けるだけだ。

美麗は、ふう、と大きく息をつくと、文を丁寧に畳み、懐にしまう。それから、両手で両足を抱えるようにして小さくうずくまった。

美麗が後宮に入ってからというもの、龍鵬は何度か牛宿房に渡ってきた。反対に、美麗が寝殿に呼び寄せられたことも同じくらいある。

だが、そのどちらの場合でも、龍鵬は、決まって、いつかのように一時ほど寝台で休むだけで、美麗には指一本触れようとしなかった。

いやがる女を無理やりどうこうするような趣味はないと言ったのは、どうやら、嘘ではなかったらしい。

そのくせ、人目に触れる場所では美麗への偽《いつわ》りの寵愛を隠そうともしない。今朝なんて、朝殿の回廊に足を踏み入れた途端、いきなり抱き寄せられ、情熱たっぷりな声でささやかれた。

『おお。美麗。美麗。美しい美麗。なぜ、おまえはそのように美しいのだ？　昨日より今日、今日より明日と、その輝きは増すばかり。どんな女神もおまえにはかなうまい』

なんて甘い、歯の浮くような睦言《むつごと》。できるものなら、鳥肌の立ちそうな睦言を囀《さえず》る唇を糸で縫い合わせ、いやらしく腰を抱き寄せる腕を思いっきりつねり上げてやりたい。

とんだ茶番だった。

周囲からは、美麗と龍鵬のふたりはさぞかし仲睦まじく見えているに違いない。少なくとも、龍鵬が美麗に惚れ込んで夢中になっていると映るだろう。

だが、ほんとうのところは、まるで違う。龍鵬が名ばかりの皇帝なら、美麗は名ばかりの寵姫なのだ。

耳の奥で、先ほどの宮女たちの噂話がよみがえる。

『そんなの、牛宿房の方じゃ満足できないからに決まってるじゃない』

龍鵬にほんとうに寵愛されたいわけではないが、そんなのは断じてお断りだが、なんだか、女としての価値はないと言われているようでしゃくにさわるし、また、そんなことを考えてしまう自分が自分でもいやでたまらない。

「お祖父さま……。これがわたしの天の道なの……？」

美麗が後宮に留まっているのは、伯達がそれを望んだからだ。でも、ここに美麗の生きる道がほんとうにあるのだろうか？

「お祖父さまに、会いたい……」

にじんだ涙を指先でぬぐっていると、ふいに、風に乗って誰かの話し声が聞こえてきた。

咄嗟に、息を飲み、小さく身をすくめてから、美麗はそんな自分を笑う。別に悪いことをしているわけではないのだから、隠れる必要はないのに。

それでも、なんとなく気になって話声に耳を澄ませる。声は壁の向こうから聞こえてくるようだ。

「まったく、陛下の女好きにもほとほと参る」

「会議より女が大事とは呆れた話ではないか」

ああ、ここでも、龍鵬の悪口か。

(今日は、よく悪口を聞く日だわ)

ため息をつきながら、美麗は少しだけ身を乗り出した。すぐ、そばの壁には、格子《こうし》のはまった小さな丸い穴が空《あ》いている。そこから中が窺えるかもしれない。

(今度は、いったい、誰が……)

のぞき込んだ美麗は、一瞬で、再び身をかがめ、木立《こだち》の陰に身を隠す。

壁の向こうはとても美しい庭園だった。

中央に作られた人工の池をぐるりと回廊が囲んでいた。池の周囲には四季折々の花を楽しめる樹木が形よく植えられ、二つに区切られた池には、狭いほうにはいっぱいに蓮の葉が立ち並び、広いほうには睡蓮《すいれん》がゆらゆらと浮かんでいる。

そして、池を区切る一本の橋の上には三人の男。

三人のうち、腹の突き出た男が下品な声を立てて笑った。

「だが、なかなかの美人だったぞ。陛下が骨抜きになるのもわからんではない」

あれは、たしか大司馬。つまり、軍事の最高司令官で、いわゆる将軍だ。

大司馬の言葉に、御史大夫が忌々しげに眉をしかめる。

「いくら美人でも、どこの馬の骨ともわからぬ娘ではないか。そんな娘のために、わしや大司馬の娘まで後宮から追い出すとは言語道断だ。あんなボンクラだとわかっていたら、皇帝の座には据《す》えなかったものを。いったい、誰のおかげで皇帝になれたのか、わかっているのか？　あの男は」

穏やかな声で御史大夫をなだめたのは相国の羅玄成だった。

「まあ、そう言うな。あれは役立たずだからよいのだ」

「そうは言っても……」

「もしも賢い男であったなら、我らの政《まつりごと》の障害となったかもしれぬ。それよりはお飾りのほうがましだ。そう思わぬか？」

御史大夫はしばらく不満げな表情を隠そうともしなかったが、そのうち、先走る感情に理性が追いついてきたのだろう。

「……そうだな。相国の言うとおりだ」

その言葉を受け、大司馬もうなずいている。

美麗は、思わず、両手で自分の唇をふさいだ。そうしていないと、驚きと、憤りの声が溢れてきそうだった。

仮にも、国の政を預かる立場の人たちが、いったい、なんということを。

皇帝を蔑《ないがし》ろにし、自分たちが宮廷の実権を縦《ほしいまま》にしているなんて、それこそ、言語道断。

だが、重臣たちの恐ろしい会議はそれで終わらなかった。

「さて、それはそれとして、華陽の都の穀物問屋から、値上げしたいとの陳情《ちんじょう》があった」

羅玄成の言葉に、御史大夫が首をひねる。

「値上げ？　たしか、先月も値上げをしたのではなかったか？」

「今年は不作で、穀物全般が品薄らしい」

「そうはいっても、こうたびたびでは、民《たみ》が納得するだろうか？」

さすがは、司法の長官である御史大夫。少しはまともなことも言うのかと思ったのに
……。

羅玄成が片手を開いて言った。

「承認してくれたら、これだけ出すそうだ」

つまり、賄賂《わいろ》か。

大司馬が、にやり、と卑《いや》しい笑みを浮かべる。

「ヤツら、儲《もう》けてやがるな。もう少し、上乗せしろと言ってやれ」

「さすが、大司馬殿はおっしゃることが剛毅《ごうき》だ」

羅玄成が声を立てて笑う。

「まあ、そこは交渉の余地《よち》を残しているとはいえ、承認するしかあるまい。なあ。御史大夫」

御史大夫は、もう、反対しなかった。その口元には、共犯者の笑み。

「そうだな。不作では仕方あるまい。民も協力してくれるだろう」

美麗はわなわなと震えた。

華陽の都では、賄賂が公然とはびこっている。どんなずるいことも金しだい。おかげで、悪いやつらはどんどん栄え、真面目で善良な人々は、被害を受け、迷惑を蒙《こうむ》る。

その実情を見るにつけ「上の人は何をしているの？」と思っていたが、その上の人たちまでもが、こんなふうに賄賂まみれだったとは。

「しかし、そうなると徒《いたずら》に物価が高騰《こうとう》するばかりですなぁ」

大司馬が言った。

「我々が買い取る商品の値段まで上がるのは、いかがなものかと」

「商人たちには、我々には特別の値段で奉仕するよう、私のほうから、しっかりと言い含めておきましょう」

羅玄成は、そう答えてから、ちらり、と御史大夫を窺う。

御史大夫は深々とうなずいて言った。

「それがよい。それで足りないなら、貨幣を追加鋳造《ちゅうぞう》するという手もある」

皆が笑った。満足げな、下卑《げび》た笑いだ。

ふいに、背後で誰かの気配がした。

壁にぴったりと耳をつけ、夢中になって三公の陰謀に聞き入っていたせいで、誰かが近づいてきているのがわからなかったのだ。

「……っ……」

思わず上げかけた悲鳴を、大きな手がふさぐ。

「馬鹿。俺だ。声を出すな」

耳元に触れたささやきは、既に、知り過ぎるほどに耳になじんだもの。

（……龍鵬……）

龍鵬に口をふさがれたまま、呆然として身を強張《こわば》らせていると、やがて、三公は秘密の会議を終え、それぞれに庭園を去っていく。

ようやく、龍鵬が手を離してくれて口が自由になると、美麗は龍鵬に詰め寄った。

「何？　あれ……？」

自分でも、今、目にしたものが信じられない。いっそ、夢であれば、どんなにいいだろうとさえ思う。

国のことを第一に考えるべき人たちが、高い地位を利用し、あのように私利私欲に耽《ふけ》っているなんて……。

「何って、見てのとおりさ」

龍鵬が肩をすくめる。

「いつから、あんな……？」

「俺が皇帝になった時からずっとだ」

「……あ……」

「父は、崩御に際して、次の皇帝には、息子の俺ではなく、弟王敬忠《おうけいちゅう》をと言い残した。だが、やつらは、俺の代わりに国政を仕切るため、叔父の失脚《しっきゃく》を画策し、たった五歳の子供だった俺を皇帝に担ぎ上げた」

美麗は、愕然として、天星宮の威容《いよう》を見上げる。

世界はこんなにも明るい。だが、陽の射さない場所には、あのような闇が渦巻いている。なんだか、自分の身体にもその闇が染み付いてしまったような気がして気持ちが悪い。

「でも、あなたは、もう、五歳の子供ではありません」

美麗は、思わず、龍鵬が羽織った錦の袖を掴んでいた。

「華陽の都の治安は悪化しています。賄賂が横行《おうこう》し、悪いことをしてもお役人にお金さえ払えば見逃してもらえるというような風潮《ふうちょう》も広まっています」

当然だ。だって、国政の中心にいる者たちからしてああなのだから。

「でも、皇帝ならば、その間違いを正すことができる。それができるのは、陛下、あなただけです。ならば、どうして正しい行いをすることに、ためらいがありましょうか？」

あれだけの書物をすべて読み尽くしている龍鵬だ。その中の言葉が、一つとして心に響かなかったなどということは、ありえないと思う。

天下の大道を、龍鵬は充分に心得ているはず。

ならば、今こそ、皇帝として、その道を行くべきではないか。

だが、龍鵬は美麗のその言葉を笑い飛ばした。

「おいおい。俺は、皇帝とは名ばかりの、ただのお飾りだぞ。そんなこと、簡単にできるわけないだろ」

「でも……」

「言うだろ。皇帝が皇帝として生きることも、また、家臣が家臣として責務を果たすのも難しい、って、な」

論語の中の一節《いっせつ》を引用して、龍鵬が笑う。その軽薄そうな笑みの奥にあるのは、いったい、どんな感情なのだろう。

五歳の子供が自ら望んで皇帝になるはずがない。彼は利用されたのだ。相国たちの野望のため、名ばかりの皇帝となった。

では、これからも、傀儡《くぐつ》の皇帝として生きていくつもりなのだろうか？　皆にろくでなしと噂されたまま、ひっそりと朽《く》ちていく気か？

（それで、悔《くや》しくないの？）

あの奸臣《かんしん》たちから、本来であれば自らのものであったはずの力を取り戻したいとは思わないの？

違う。違う。

華陽の都で、美麗と勝負をした時の龍鵬は、そんな腑《ふ》抜《ぬ》けた人ではなかった。人々の心を自然に掴んでしまうような、溌剌《はつらつ》とした気力に満ちていた。

第一、世を憾《うら》み、すべてを捨てた人の瞳が、あんなにも明るく澄んでいるものか。

あるいは、粗野で横柄《おうへい》で自分勝手なあの姿は装《よそお》われたものなのだろうか？

ということは——龍鵬はろくでなしの皇帝のふりをしているのか？

はっとした。

もし、龍鵬が賢く有能な君主であったなら、羅玄成を始めとする奸臣たちは、どうしただろう？　龍鵬には、まだ、子がないから、次の傀儡を担ぎ上げることはできないし、政治に干渉されないよう、自由を奪うとか？

では、もし、龍鵬に子がいたら？　それが、太子となるに足《た》る男子であったなら？

龍鵬はさっさと始末されてしまっていたのかも。

ふいに、初めて会った日に龍鵬がささやいた言葉が脳裏によみがえる。

『あの中に、太子の母となるに相応しい女はいなかった』

つまり、それって……。

「わたし、わかったわ」

ぱちり、と目を見開き、美麗はつぶやく。

「だから、陛下はわたしを妃にしたのね」

「……どういうことだ？」

龍鵬の声は平坦《へいたん》だった。黒い瞳にも感情はない。

いつもだったら、少し怖いと思ったのかもしれないが、かまわず、美麗は続けた。少しだけ、龍鵬の気持ちに近づけたような気がして、それがうれしかった。

「陛下が後宮から里に帰された女性たちは、皆、重臣の娘なのでしょう？」

「……確かに、そうだ」

「もしも、そのうちの誰かが皇帝の子を孕《はら》み、生まれた子が運よく男で、もっと運よく太子ともなれば、その母は宮廷の中で強い発言力を手に入れることができる。更には、皇帝が早く死ぬようなことがあれば、今度は新皇帝の母として、皇帝すらも、言いなりにしてしまえるほどの絶大な影響力を得ることになる」

「そうだな」

「そして、その娘を後宮に送り込んだ者は、皇帝の外戚《がいせき》として権力を縦《ほしいまま》にする。三公が自分たちの娘を後宮に送り込んだのは、それが目的だったのね」

熱に浮かされたようにそれだけを一気に告げると、龍鵬が苦笑する。

「おまえは賢いな。誰もがおまえほど賢ければ、俺も苦労しないのに」

褒められたのか、からかわれたのか。

でも、今は、そんなこと、どうでもよかった。

美麗は、龍鵬の黒い瞳をじっと見つめ、自身がたどりついた真実を手繰《たぐ》り寄せる。

「わたしには、祖父のほかに身よりはないし、その祖父も病床に臥《ふ》せっている。たとえ、わたしが陛下の寵愛を受けたとしても、それを笠に着て権力を求める心配のある外戚など、わたしにはいない」

「……」

「それが、あなたがわたしを選んだ理由よ。あなたは、邪魔な奸臣の娘たちを後宮から追い出すために、わたしを利用したんだわ」

だが、美麗がそう言うと、龍鵬は途端に不機嫌になった。

「前言撤回。おまえ、実は、馬鹿だな」

「どういう意味よ？」

「俺にだって心があることを忘れてはいないか？」

いきなり突き放された。

離れてみて、初めて、美麗の肩を抱き寄せていた掌《てのひら》のぬくもりがわかる。

「あ……、わたし……」

自分が間違っていたとは思わない。

たぶん、龍鵬は最初から新しい寵姫が嫉妬するからと理由をつけて後宮を空《から》にするつもりでいたはずだ。たまたま、美麗が方便とはいえ、そう提案したから、喜んで便乗《びんじょう》したのだろう。

美麗を選んだのも、美麗が奸臣たちとは無縁だったから。

それは、確かなのに、なぜ、どうして、こんなにも、胸が痛いの？

「今日、目にしたことは誰にも言うな。言えば、生命《いのち》はないものと思え」

龍鵬の声が美麗の胸を貫いた。

平素は耳にすることのない厳格な響き。命令することに慣れた声。

（どうして？）

お飾りの皇帝ではなかったの？

（そんなの、お飾り皇帝の声じゃないわ）

途端に、身ぐるみ剥《は》がされて放り出されたように心細さを覚え、美麗は、身をすくめ、小さく震えた。

龍鵬は、冷たい目で美麗を一瞥《いちべつ》すると、そのまま、美麗に背中を向けた。

その背中は、大きく、そして、とても冷たく見えた。

◇　◇　◇
（いったい、なんだっていうの？）

龍鵬と別れてから、いったい、何度目かわからない問いを、美麗は繰り返した。

（わたしの言葉の何がそんなに気に入らなかったわけ？）

『生命はないものと思え』

そう言った時の龍鵬の凍《こご》えるようなまなざしを思い出すと、今でも背筋が震える。

あんなふうに恫喝《どうかつ》されなければならないことを、自分は言ったのだろうか？

考えても、考えても、龍鵬がいきなり不機嫌になってしまった理由はわからなかった。

心。龍鵬の心。

もしかして、『利用した』と言ったのがいけなかったのだろうか？　それが非難と受け取られた？

もし、そうなら、とんだお門違《かどちが》いだ。だって、最初に美麗を利用しようとしたのは龍鵬のほうではないか。

もちろん、同情できる部分もなくはない。龍鵬にも色々と事情があることはわかった。だけど、それならそれで、ちゃんと説明してくれればよかったのに。そうしたら、もうちょっとくらいは、協力だってしてあげた。なんにも知らされないまま、ただ振り回されるこっちの身にもなってほしい。

揚げ句、あんなこと言うなんて……。

「馬鹿はどっちよ」

思わずつぶやいた言葉に、図《はか》らずも、誰かの声が返ってくる。

「おや。蓬《よもぎ》の心、でございますか」

蓬の心とは、蓬のはびこる荒野のように心が乱れているといった意味の言葉で、荘子《そうし》よりの引用だ。

こういう厭味たらしいことを平気で言うような者といえば、ひとりしか知らない。

顔を上げると、案の定、呂青文が涼しい顔をして立っている。

呂青文は、秀麗な顔に、にっこり、と笑みを浮かべて言った。

「何をしておいでなのです？」

「見ておわかりになりません？　日向ぼっこです」

「確かに、今日は私でも日向ぼっこをしたくなるほどのよいお天気ですが……」

「さようでございましょう？」

「しかし、おひとりとは、いささか、お淋しゅうございますね。陛下をお誘いになってみてはいかがですか？」

にこにこ。

美麗は思わず呂青文の訳知り顔をにらみつける。

（何よ。知ってるくせに……）

諍《いさか》いと呼ぶにはあまりにも一方的な一件のあったあの日から、龍鵬はあからさまに美麗を避けている。

朝の挨拶に行っても、ろくにこちらを見ようとしないし、挨拶が済めば、邪魔だとばかりにさっさと朝殿から追い出された。

おかげで何もすることがない。

暇だ。とにかく、暇だ。

書物でもあれば、いくらでも時間はつぶせるのだが、あいにく、ここには何もなかった。掃除や、洗濯、食事の支度も、すべて宮女がやってくれるし、美麗にできることは、ただ、ぼんやりと、無為《むい》に時間を過ごすことだけ。

屋内にこもっていると余計に気詰《きづ》まりな気がして、牛宿房の前庭に出てみたのはいいが、少しも気持ちは晴れない。

（何もかも、あの自分勝手な男のせいよ）

心の中で、能天気に笑っている軽薄な男にぶつぶつ文句を言っていると、呂青文が苦笑しながら言った。

「陛下と喧嘩《けんか》でもなさったのですか？」

美麗は肩をすくめて答える。

「喧嘩なんてしていません」

「ほんとうに？」

「ええ。陛下が勝手に怒っていらっしゃるだけです」

美麗には、さっぱり、その理由がわからない。

（いっそのこと、呂青文さまに相談してみようかしら？）

あるいは、いつも龍鵬のそばに侍っている呂青文であれば、何か見当がつくかもしれない。

だが、美麗はすぐにその思いを捨てた。

あの時のことを説明しようとすれば、三公の秘密の会議を盗み聞きしてしまったことも呂青文に話さなければならなくなる。呂青文はすべてを心得ているのかもしれないが、誰にも言うなと釘を刺された以上、口にするわけにもいかない。

「そうですわね……。陛下は、もう、わたしのことなど必要ないとお考えなのかもしれません」

口にしてみると、たぶん、それが正解なのではと思えた。

奸臣たちが送り込んできた娘たちを後宮から追い出すという目的が達成された今、美麗を寵愛しているふりをする必要は、もう、ない。

もちろん、「あの娘に飽きたのなら、別の娘を」などと言われて、新しい寵姫をあてがわれては困るから、しばらくの間は、美麗を後宮に留め置くだろうけれど、媚《こ》びもせず、言いなりにもならず、身体も許さない女のところへ足繁く通う理由が龍鵬にあるはずもないではないか。

(今ごろは、また、華陽の都へお忍びで出かけて、妓女たちと楽しく遊んでいるのかもしれないわ)

想像すると、胸の奥がざわざわと波立つ。

甘えた声で龍鵬を取り合っていた妓女たち。男なら、誰だって、ああいう女のほうをかわいいと思うに違いない。

「心配ですか?」

なんだか、見透かされたような気がして、美麗は少しあわてた。

「わたしが何を心配するというのです?　むしろ、大歓迎ですわ」

「さようでございますか?」

「ええ。祖父のことも気になるし、一日も早く元の暮らしに戻りたいと思っています」

その言葉に嘘偽りはないつもりだった。

なのに、心のどこかで、誰かが「ほんとう？」と問いかけている気がする。

呂青文が言った。

「私は、陛下は、ただ、拗ねているだけだと思いますけどね」

「陛下が？　拗《す》ねている？」

「そうです。子供のように駄々《だだ》をこねているのです」

どうして？　そんなの、怒りを買うより、なお、意味がわからない。

「今度お会いになったら、甘えた声で、何かおねだりの一つもなさってみてはいかがですか？　案外、それで、ころっと、機嫌が直るかもしれません」

「まさか」

「男なんて、そんなものですよ。女性の皆さんが考えているよりは、ずっと、単純な生き物なのです」

それがほんとうなのだとしても、甘えてねだるなんて、自分には無理だと美麗は思った。

たとえば、いつか華陽の都で見た妓女たち。龍鵬の持ち物を奪い合っていた彼女たちのようには到底なれそうもない。

胸の中が、しん、と冷えた。うちのめされた気分、とでもいうのか。

（わたし、どうしてしまったの……？）

なぜ、こんな気持ちになるの……？

「なんにしても、美麗さまが退屈しておいでなのはよくわかりましたよ」

戸惑いは表情にも表れていたのだろう。そういう呂青文の声は、いつになくやさしかった。

「よろしければ図書寮《としょりょう》にでもお連れしましょうか？　少しは、気晴らしになるかと……」

「図書寮？」

美麗は、ぱっ、と顔を上げる。

「よろしいのですか？」

図書寮には国じゅうから集められた古今東西の書物が納められているはずだ。中には、美麗が見たことも聞いたこともない珍しい書物もあるかも。

見たい。ぜひ、見たい。

我ながら現金だとは思うが、沈みかけていた気持ちが、一気に浮き上がった。

うきうきしながら、美麗は先に立って案内する呂青文に従う。

案内されたのは、朝殿を取り囲むようにして立ち並んでいる役所の一角のうちでも、比較的大きな建物だ。

「ここには、古今東西の書物のほか、資料や、報告書など、様々な文書が保管されております」

案内の文官が、先頭に立って棚を指す。名前は安平子《あんへいし》。年齢は、美麗の父親と同じか、あるいは、それより少し若いくらいか。いかにも文官らしい、実直そうな男だ。

呂青文は、案内を文官に譲ったあとは、美麗の後ろに静かに従っている。

「こちらは礼記《らいき》の棚でございます」

「礼記？　これ全部がそうなのですか？」

美麗の質問に、安平子が静かにうなずいた。

「さようでございます。高妃さま」

「元々、古《いにしえ》より伝えられてきた風習や習俗を、集め、まとめたものだし、その時代、編者によって、様々だとは知っていましたが、こんなに種類があるのですね」

「中には、文体がまるで違うものなどもございますよ」

「まあ」

興味津々のまなざしで並ぶ書物を見回してから、美麗はおずおずと申し出る。

「あの……、手に取ってもかまわないでしょうか？」

安平子の顔に笑みが浮かぶ。

「どうぞ」

美麗は、ずっしりと重い竹簡《ちくかん》を手にして、そっと紐を解く。

最近では紙も随分普及してきたが、公文書にはまだ竹簡が使用されている。この図書寮に収められているのも、ほとんどが竹を削《けず》って作った札に文字を書きつけ、紐でつなぎ合わせた竹簡だ。竹簡は、ある程度の長さになったら、端から巻いて、紐で縛って保管する。

美麗は夢中になって書物を読みふけった。

もちろん、祖父に礼記は習ったが、それは、祖父が自身の判断で厳選したものだったのだろう。美麗が目にしたこともないような句もたくさんある。

何本目かに手にした竹簡に、美麗は、ふと、手を止めた。

「あら？　これ……」

「どうかなさいましたか？　高妃さま」

「いえ。祖父の字に似ているような気がして……」

「お祖父さま、ですか？」

「ええ。詳しいことは知らないのですが、祖父は、昔、天星宮に出仕していたようなのです。もしかしたら、そのころ、祖父が書いたものではないかと思ったものですから……」

そんな偶然あるのだろうか？

だが、見れば見るほど、祖父の字に思える。それとも、達筆の人は、皆、字体が似通うものなのだろうか？

「まさか……。高……」

ふいに、文官が呻《うめ》いた。

見れば、文官は、青ざめ、小さく震えている。

「どうかなさいましたか？」

不審に思って問いかけると、文官は小さく首を横に振った。

「いえ……。失礼をいたしました」

「大丈夫なのですか？」

「はい。高妃さま。よろしければ、あちらで正史の編纂《へんさん》をしているのですが、そちらもご覧になりませんか？」

話をそらされたと感じたが、だからといって、どう見ても無理に笑顔を作っている安平子を問い詰めるのも気が引ける。

戸惑いながらも、安平子に案内されるままついていくと、少し広い部屋に出た。

その部屋では、数名の若い文官たちが、それぞれ机に向かい、一心不乱に何かを書いている。

そして、その傍《かたわ》らに立っていたのは……。

「よう」

少しも悪びれていない、満面の笑顔。

途端に、美麗の眉間に縦皺《たてじわ》ができる。

どうして、ここに龍鵬がいるのだろう？　しかも、あれだけ、あからさまに美麗のことを避けておきながら、そんなこと、全部忘れ去ってしまったかのような、この笑顔は何？

「図書寮はどうだった？　楽しめたか？」

聞かれて、美麗はそっけなく答えた。

「はい。おかげさまで」

「なんだよぅ。そんなに、つんつんするなよぅ」

「つんつんなんてしてません」

そっぽを向くと、龍鵬が近寄ってきて美麗の顔をのぞき込む。

「この間のことは悪かったってば。ちょっと虫の居所が悪かっただけなんだ」

「……」

「だから、今日のこれは、お詫《わ》びのしるし。ほかの女なら、簪とか錦とかをお詫びの品に送るんだけどさ、美麗には、こっちのほうが喜ばれると思ったんだ。だから、青文に案内させた」

美麗は、ちらり、と呂青文のほうを窺った。

「計画的だったのね」

「申し訳ございません。私は陛下の忠実な僕《しもべ》でございます。陛下のおっしゃることには逆らえません」

冷たい目で見てやったが、呂青文は澄ました顔をしている。

「どうだ？　楽しかっただろ？」

龍鵬が美麗の衣の袖を引っ張る。

「なあ。なんとか言えよ。美麗」

美麗は、何も言わずに、ただ、怖い顔をして龍鵬をにらみつけたが、次の瞬間には、こらえきれず、噴き出してしまう。

（おかしな人）

この人はほんとうに皇帝なの？　こんな子供っぽいことをして、子供みたいなことを言っている人が、一国の主なの？

（でも、わたしを喜ばせようとしてくれたんだわ）

確かに、簪や錦でご機嫌を取られたら、余計に腹立たしい気持ちになっていただろう。

龍鵬は美麗がどんな女かわかっている。どうすれば、どんなふうに喜ぶか、美麗のことを、もう、見抜いている。

美麗はゆっくりと視線を上げて龍鵬を見た。その黒い瞳の、なんと、明るく、伸びやかで、眩《まぶ》しいこと。

「ありがとうございます。陛下。わたしにとっては、最高の贈り物よ」

微笑むと、そっと顎を取られた。

「では、朕《われ》に褒美をくれ。我が愛《いと》しの妃よ」

「あ……」

「感謝の徴《しるし》として、その唇を朕に与えよ」

龍鵬の顔が近づいてくる。このままだ、龍鵬の唇が唇に触れてしまいそう。

ああ。なのに、逃げられない。

前にもあった。こんなこと。

あの時は言葉に支配されて身体が動かなくなった。でも、今は、まるで、まなざしに囚われ、目に見えない鎖でがんじがらめにでもされているみたい。

押しのけなければと、頭のどこかでは思っているのに、指一本でさえ、自由にならなかった。瞬きすることもできないまま、美麗は龍鵬の黒い瞳を見つめる。

間近で見ると、切れ長だと思われた瞳は、ほんの少しだけ眦《まなじり》が垂れ下がっていた。それが、たまらなく愛嬌《あいきょう》があって魅力的だ。

黒いと思われた瞳も、黒というよりは、ところどころ灰色がかっていて、その波模様は、なんだか、夜の川のよう。

だが、中心部分は、やはり、一点の濁《にご》りもない黒だった。そして、その黒は、すべてを飲み込もうとするように、とても深い色をしている。

この瞳で、龍鵬は、いったい、何を見てきたのだろう?

醜《みにく》いこと、悲しいこと。つらいこと。きっと、それは、いっぱいあったはず。

なのに、この瞳はいっさいの穢れなど知らぬよう、こんなにも澄んでいる。

(もしかしたら、心も澄んでいるのかしら?)

龍鵬の中には、美麗の知らない龍鵬が、きっと、まだたくさんいる。

その時――――。

ふいに、ぱん、ぱん、と掌を打ち合わせる音が耳に響いた。

はっとして音のするほうへ視線を向けると、相国の羅玄成がこちらを見ている。

「……相国か……」

龍鵬が気のない返事をすると、羅玄成は恭しく臣下の礼をした。

「大変仲睦まじいお姿を拝見し、眼福《がんぷく》でございました」

「あ、そう」

「陛下が図書寮にお越しとは珍しい。何か気になる書でもございましたか?」

龍鵬は、美麗の身体を離し、そっぽを向く。

「別に。美麗が暇だというから、暇つぶしに来てみただけだ」

「さようでございましたか」

「相国はまた正史の監修か? 随分熱心だな」

龍鵬の声は厭味交じりだった。しかし、羅玄成は、あくまでも、忠実な家臣の態度を崩さず、余裕たっぷりの笑顔で答える。

「正史の編纂は国にとって大変重要な事業でございます。少しの落ち度があってもなりませんので」

「まあ、そうだな」

「陛下も正史に興味がおありとは望外《ぼうがい》の喜びでございます。そういえば……」

羅玄成の瞳に、きらり、と一瞬剣呑《けんのん》な色が浮かんだ。

「そういえば、陛下がお詠《よ》みになられた詩を正史に載せるよう仰《おお》せつかったそうでございますね。たしか、『川の上《ほとり》に梧桐生じ、山の下《ふもと》に醴泉《ゆうせん》湧きいづる。鸞鳳《らんぽう》いずくに在《あ》りや』でしたかな?」

今度は、龍鵬が羅玄成を見返す番だ。

ふたりの間で、視線がぶつかり火花を散らす。どちらも譲らない。にらみ合うでも、威嚇《いかく》し合うでもなく、ただ、互いが互いの本心を探り合っている。

強いまなざしを、先に、ふわり、とゆるめたのは羅玄成のほうだった。

「美しい詩でございますな。さすがは陛下でございます。しかし、これはどういう意味なのでございましょう」

あの詩は、二つの意味を持っている。

無邪気によいことが起こるのを期待している言葉なのか。それとも、これまでの世が太平でなかったことを示唆《しさ》し、その乱れを正す聖天子はもう生まれているぞと宣言しているのか。

「どういう意味も何も、文字どおりだ。見ればわかるだろう？」

龍鵬はとぼけてまともな答えを返さない。

羅玄成の表情がわずかに強張った。否応なく昂ぶる緊張感に、そばにいる美麗のほうがはらはらしてしまう。

そんなことなど気にも留めぬように、龍鵬が能天気な声で言った。

「あの詩は正史には必ず入れろよ」

「必ず、でございますか……」

「美麗が入れろってうるさいんだ。入れないと、俺、美麗に嫌われちゃうかもしれないんだから。責任重大だぞ」

「はあ……」

腑《ふ》に落ちない様子でうなずいている羅玄成に満面の笑みを向け、それから、龍鵬は美麗の肩を抱いて歩き出す。

「じゃ、そういうことで。正史の編纂、よろしくな」

すばやく羅玄成の表情を窺えば、羅玄成は忌々しげな顔をして美麗をにらんでいた。

美麗の脳裏に、いつか見た羅玄成の禍々《まがまが》しい気配がよみがえる。まるで呪詛《じゅそ》のようだった独白。いや、『呪詛のよう』なのではない。これは呪《のろ》いだ。羅玄成は、龍鵬に、忠義ではなく、もっと別の黒い感情をいだいている。

恐ろしさのあまり、足からへなへなと力が抜けた。そのまま、へたり込んでしまいそうになったところを、後ろから強い腕に抱き抱えられる。

「大丈夫か？」

振り向いた先に、黒く澄んだ瞳があった。

その瞳に宿るのは、明るく、眩しく、とても強い光。この光が、美麗の意志の及ばぬところで、美麗の心を奪い、美麗を支配する。

「大丈夫よ」

美麗は、顔を背けたまま、さりげなく龍鵬の腕を振り払った。

少しだけ、龍鵬のあの黒い瞳を怖いと思ったからだ。

「いきなり、どうした？　驚くだろ」

「驚いたのはこっちよ。人前であんなこと……」

「人前じゃなきゃいいのか？」

「どっちもだめです！」

思わず、にらみつけると、龍鵬は屈託《くったく》のない顔で笑っていた。

胸の奥が、きゅ、とせつなげな音を立てて、小さく疼く。

こんないいかげんな男、一緒にいたって腹立たしいだけ。できるものなら、即刻逃げ出したいと思っていたはずなのに、どうしてなんだろう？　少しずつ、気になり始めている。

龍鵬のことを考えると、気持ちが乱れる。

「あの詩……、ほんとうはどういう意味なの……？」

ためらいながらも問うと、龍鵬は肩をすくめた。

「だから、文字どおりの意味さ」

「でも、相国さまは疑っておいでのようよ。あなたが権力を奪い返し、相国さまたちを粛清《しゅくせい》するつもりでいるんじゃないかって」

羅玄成は終始にこやかだったが、まなざしは冷徹《れいてつ》だった。あれは、何かを探り出そうとする目だったと思う。

「羅玄成は疑り深い男だからな。俺が言うことがいちいち気になって仕方がないのさ」

「それだけあなたを警戒してるってことじゃない」

「俺はお飾りだ。能なしで役立たずな、名ばかりの皇帝だ。そんな俺に何ができる？」

「だって……」

「やめろ。それ以上言うな」

いきなり抱き締められた。

「やめて……。わたしは……」

美麗はもがいたが、龍鵬の腕は強く身じろぎ一つできない。

「動くな。羅玄成が見てる」

「え……？」

「笑え。俺と睦《むつ》み合っているふりをしろ。ただでさえ、おまえは奴にとっては邪魔者だ。この上、疑うようなことを口にすれば、何をされるかわからないぞ」

耳元で龍鵬がささやく。言葉とは裏腹に、龍鵬はとろけそうな笑顔だ。傍からは、睦言でもささやいているようにしか見えないだろう。

「羅玄成たちにとって、おまえは敵だ。おまえがいる限り、奴らの野望は成就《じょうじゅ》しない。となれば、奴らがどう動くかは想像するまでもないことだ。おまえが女だろうがなんだろうが、奴らはいっさい容赦しないだろう」

「それは、殺されるかもしれない、ということ？」

龍鵬は何も答えない。だが、答えないことこそが、答えなのだと思った。

寒くもないのに背筋をゾッと震えが走る。

『今日、目にしたことは誰にも言うな。言えば、生命はないものと思え』

あれは、『しゃべったら俺がおまえを殺すぞ』という脅《おど》しなのだと、ずっと、思っていたけれど、ほんとうは、『余計なことをすると、羅玄成に生命を狙われることになるぞ』という警告だったのか。

これが、龍鵬の生きる現実。

宮廷とは、なんと、恐ろしいところなのだろう。

祖父の伯達が天星宮を辞《じ》したのもむべなるかなと思える。

でも……。

(ようやく、少し、わかってきたわ)

龍鵬は今の宮廷のあり方を是《ぜ》としていないのだ。奸臣たちが実権を握り、私腹を肥《こ》やしている現状を、なんとかしたいと考えている。

だから、美麗を利用して、後宮から邪魔な女たちを追い出した。そうして、奸臣たちの更なる野望をくじき、宮廷がよりいっそう腐敗することを防《ふせ》いだ。

皆が、龍鵬のことを、女好きで、いいかげんな能無し、ひとりでは何もできない、お飾りの皇帝だと噂する。

だが、龍鵬の心の中で、皇帝の心はまだ生きているのだ。彼は、皇帝として、奸臣たちと戦い続けている。

女にうつつをぬかすばかりの無能な姿も、やはり、奸臣たちを欺《あざむ》くためのものだったのだろう。だって、龍鵬が聡明であったのなら、奸臣たちは、もっと、もっと、龍鵬を警戒し、その自由も制限したに違いない。

だが、現実には、彼らは、龍鵬を侮《あなど》り、皇帝の器《うつわ》ではないと軽んじた。その慢心《まんしん》が、龍鵬に、奸臣たちの娘を後宮から一掃《いっそう》することを許してしまったのだ。

もしかしたら、この人は、自分が思っていたのよりも、はるかに聡明な人なのかもしれない。

あの賢い呂青文でさえ『私は陛下の僕《しもべ》』となんのてらいもなく言う。呂青文の瞳には、いっさいの、迷いはない。

この人は、それだけのものを持った人なのだ。

美麗はまっすぐに龍鵬を見つめて言った。

「それなら、あなたが守ってよ」

「美麗……」

「だいたい、何よ。わたしを無理やりここに連れてきたのはあなたなのよ。あなたにはわたしを巻き込んだ責任がある。むしろ、責任取って生命がけで守ってみせる、くらいのこと言いなさいよ」

まくし立てるように言ってやると、龍鵬は、一瞬、目を瞠《みは》り、それから、声を立てて笑った。

「おまえって、ほんと、面白い女だな」

「ふざけないで。わたしは真剣に話しているのよ」

言い返せば、更に笑われる。

悔しい気持ちがこみ上げてきて、美麗は龍鵬の身体を両手で突き飛ばした。どれほどの力がこもっていたはずもないのに、広い胸があっさりと離れていく。

ちらり、とあたりを窺えば、羅玄成は既に姿を消していた。

そういうふうに目端《めはし》が利くところにも、なんだか腹が立つ。

所詮《しょせん》、自分は、いつも、この男の掌の中で踊らされているだけなのだ。

惨《みじ》めだった。悔しさに歯噛みしていると、ふいに、強い視線を感じた。気がつけば、黒く澄んだ瞳が、眩しいものでも見るように、ただ、じっと、美麗を見つめている。

「それで？」

「え……？」

「それで、おまえは何を望む？　身の危険も顧《かえり》みず俺のそばにいることに、どんな価値を見出す？」

「え……？　わたし……？」

いきなり聞かれて、一瞬、どう答えていいかわからなかった。今、思えばそんな怖いことに巻き込まれたくないから、元の暮らしに返してくれと請《こ》うこともできたはずなのに、『守れ』だなんて、どうして……。

「そ、そんなの……、決まってるでしょう！」

咄嗟に美麗はそう口にしていた。

「自身の欲望を満たすことばかりを優先して、国政を蔑《ないがし》ろにしているあの人たちを許せないからよ。善良な市民は、法の網《あみ》を逃れてはびこる悪に苦しめられている。その人たちのためにも、わたしにできることがあれば、何かしたいの。それだけ」

「それだけ、ね」

「あなただって同じでしょう？　だから、わたしを後宮に入れたんでしょう？」

龍鵬は何も言わない。その黒い瞳はどこか遠くを見ている。

「皇帝は風よ。その風によって、民衆はどちらの方向にもなびくわ」

美麗は、初めて会った時にも引用した論語の中の言葉を口にした。でも、あの時とは、龍鵬に対する思いは随分違っている。

「教えて」

声が震えた。

「あなたは、どんな風を起こすの？」

美麗は龍鵬を見つめた。龍鵬の黒い瞳も、じっと、美麗を見返している。

「……見たいか？」

「え……？」

「俺がどんな風を起こすのか、おまえは見たいのか？」

ためらいは一瞬だった。気がつけば、強くうなずいていた。

「ええ。見たい。見てみたいわ。わたし」

「だったら、俺についてこい」

大きな掌が美麗の前に差し伸べられた。

「おまえの生命は、俺がこの生命を賭《と》して守ってやる。だから、おまえは何があっても俺のそばにいろ」

美麗は、龍鵬の掌をじっと見つめた。いつも、強引に掴まれるばかりで、今まで、一度だって、自分の意志でこの手に触れたことはない。

（いいの？）

ほんとうに、いいの？

この手を取ったら、何が起きるの？

迷って、迷って、迷った揚げ句、美麗はおずおずと自身の手を差し出した。

大きな手。長い指。その力は強く、そして、触れると、とても、あたたかい。

「陛下。わたし……」

「陛下ではない。龍鵬と呼べ」

「でも……」

いいのだろうか？　相手は仮にも皇帝陛下だ。

龍鵬が口元に、にやり、と不敵な笑いを浮かべて言った。

「何をためらう。俺たちは『同志《どうし》』だろう？」

王龍鵬。皇帝。不思議な男だ。

時折、ふいに、見せる、とても大きくて強い姿に、戦《おのの》き、震え、その正体を確かめようと手を伸ばした時には、もう、そこにはいない。

正に、風だ。

美麗には捕まえられない。

胸の中で、何かが目覚める。きつく固まっていたものが解《ほど》けていくように、ゆるやかに渦を巻いて動き始める。

（わたしの中でも風が動き出しているのかもしれない）

その風は、どんな風だろう？

いったい、どこに向かって吹いていくのだろうか？

美麗自身にさえ、それを計り知ることはできなかった。

三

髪を結い、眉を整え、紅を差す。

錦を羽織り、鏡を見て、簪《かんざし》の位置を直せば、今朝の身支度も完了だ。

一分《いちぶ》の隙なく装うのにも慣れた。最初、あれだけいやだった化粧も、今では、もう、苦痛ではない。

宮廷は戦場。そして、皇帝の心を虜にする寵姫を演じることが、今の美麗《みれい》が果たすべき任務。これは戦いなのだ。

心の中で自分に気合を入れ、美麗は立ち上がる。

（大丈夫。今日もきれいよ）

いつものように、絶妙の頃合を見計らって、呂青文《りよせいぶん》が迎えに来た。

「おはようございます。美麗さま。朝のご挨拶のお時間でございます」

そうして、朝殿《ちょうでん》に出向き、人目もはばからず、龍鵬《りゅうほう》と抱き合うようにして挨拶を交わし、そのまま、天星宮《てんせいきゅう》をうろつく、というのが、美麗の日常だ。

時には、龍鵬と一緒に会議に出席することもある。そんな時は、わざと、龍鵬の膝の上に座り、龍鵬にしなだれかかってみせたりもした。

当然、奸臣《かんしん》たちはよい顔をしないが、だが、だからといって、誰ひとりとして意見する者はない。彼らにとっては、皇帝は馬鹿なほうが都合がいいからだ。そうでなければ、彼らが権力の甘い汁を吸うことはできない。

そんなわけで、ただでさえ芳《かんば》しくなかった龍鵬の評判は地に墜ちる一方だった。

さすがに、いささかやり過ぎかなと思わないでもないが、うまくだまされてくれているのなら、それに越したことはない。

今も、外朝《がいちょう》の玉座の上、美麗は、龍鵬の膝の上に座って、袖で口元を隠し、龍鵬に耳打ちするふりをしている。

官僚たちは、皆、一様に眉をひそめていた。苦虫《にがむし》を噛み潰したような顔をしながら、それでも、まだ、見て見ぬふりを続けている。

ひとり、羅玄成《らげんせい》だけはうっすらと微笑んでいるのが気になった。

皇帝の放蕩《ほうとう》ぶりに満足しているのか、それとも……。

さすがに、皇帝が同席している時には、奸臣たちも悪事の相談をするわけにはいかないのだろう。会議は、どうでもいい挨拶と、当たり障りのない報告で終わり、そのまま、龍鵬に伴われ、治朝《じちょう》に向かう。

治朝は皇帝の執務室だ。大きな机には、筆や墨が並べられ、傍らには、紐で閉じられた竹簡が積み上げられている。

龍鵬は、どかり、と椅子に腰を下ろすと、傍らの竹簡を紐解き、一瞥《いちべつ》したあと、後ろに放り投げた。美麗は、あわててそれを拾い上げ、きちんと巻いて龍鵬の眼前に突きつける。

「大事な公文書でしょう？　もっとちゃんと扱うべきよ」

だが、返ってきたのは、舌打ちと苦い声。

「公文書が聞いて呆れる。見てみろよ」

先ほどの竹簡を広げ、龍鵬が指差す。

それは、新しく登用された官吏の名簿だった。よく見れば――いや、よく見なくても、同じ姓の者ばかりがずらりと並んでいる。その姓とは、田《でん》。大司馬《だいしば》と同じだ。

「大司馬さまが自身に縁《ゆかり》のある者を採用するよう便宜《べんぎ》を図ったのね」

「大司馬だけじゃない。相国《しょうこく》も、御史大夫《ぎょしたいふ》も、みんなやっている」

「……なんてこと」

「宮廷内に味方が増えれば、それだけ発言権も増すからな。相国も、大司馬も、御史大夫も、一見、つるんでいるように見えるが、その実、誰も信用していない。心の中は相手を出し抜くことでいっぱいなんだよ」

つくづく呆れた人たちね。

言おうとするより先に、いきなり、きつく抱き寄せられた。

美麗が驚いていると、扉の向こうから声がかけられる。

「陛下。文書官が参りました」

扉を守る兵士の声だ。

「入れ」

龍鵬の声に応じて、年配の文官が入ってきた。

文官の両手には数本の竹簡。それを恭《うやうや》しく捧げ持ち、机の上に積み上げると、文官は静かに去っていく。

ここは、寝殿とは違い公の場だ。用事があれば官僚たちもやってくる。特別不審なところはないような気がしたが……。

龍鵬は、美麗の耳元に唇を寄せたまま、低い声でささやいた。

「今の男は羅玄成の犬だ。ああやって、俺の様子を探っては、羅玄成に報告して、報酬を得ている」

「ほんとうに？」

「あいつだけじゃない。華陽《かよう》の都でおまえと勝負した時、俺には大勢警護がついていただろう？」

龍鵬が指を鳴らした途端、露天商や買い物客のふりをしていた屈強な兵士たちが龍鵬の元にわらわらと集まってきたことは今も記憶に新しい。あれは、驚愕の一瞬だった。

「あれも、羅玄成の差し金さ。表向きは、俺の警護のためだが、あの中にも羅玄成の犬がいることは確認済みだ。俺は四六時中監視されてる。おかげで、俺には自由がない。俺に自由があるとすれば、まあ、眠っている間くらいだな」

初めて会った日、寝殿でのことが思い出される。

ひとこと「寝かせてくれ」と言って、すぐさま眠りに落ちた龍鵬。

そのわけが、今、やっと、わかった。

羅玄成の間者《かんじゃ》たちも、さすがに、寵妃《ちょうき》との営《いとな》みの時間までは邪魔をしないのだろう。だとしても、美麗が来る前に後宮にいたのは、奸臣の娘たち。彼女たちも龍鵬の味方ではなかった。天星宮には、龍鵬がくつろげる場所など、それまで、どこにもなかったのだ。

何か重苦しいものでふさがれ、胸が苦しくなった。

落ち着かない気持ちで、美麗は、龍鵬の肩をそっと押し、龍鵬から離れる。

「なんだか、怖いわね」

「羅玄成は恐ろしく用意周到《しゅうとう》だ。とてつもなく、ずる賢く、用心深い。羅玄成に比べれば、大司馬や御史大夫は、はるかに小物だ」

確かに、美麗にもそう感じられる。羅玄成の放つ気配は特別禍々しい。

「実際、どこに羅玄成の犬がひそんでいるか、俺たちも完全に把握できているわけではないんだ」

「では、わたしのお世話をしてくださっている宮女の中にも……？」

想像して、背中に冷たいものが走る。身震いする美麗をなだめるように龍鵬が言った。

「今は大丈夫だ。だが、今後、羅玄成が金を積めば、なびく者が出てこないとも限らないし、気をつけるにこしたことはない。とりあえず、青文以外の者は簡単に信用するな。何か気になることがあった時は、俺か、青文に必ず相談しろ」

「わかったわ……」

龍鵬の手を取ったあの時から、覚悟はしていたつもりだ。だが、龍鵬の住まう闇はあまりにも暗く深過ぎて、時々、途方に暮れそうになる。

こんな闇の中を、龍鵬は、たったひとり、歩き続けてきたのか。

なのに、どうして、その瞳は、こんなにも明るく澄んでいるのだろう？

眩《まぶ》しくて、眩し過ぎてまっすぐに見ているのがつらくて、思わず目を細めた時、扉の外から声がする。

「陛下。呂青文でございます」

呂青文本人の声だった。

呂青文は、恭しく礼をすると、龍鵬に近づき、ひそめた声で耳打ちをする。美麗には聞かせたくない話なのか。龍鵬は何も言わず、ただ、うなずいている。

内密の話が終わり、呂青文が離れると、龍鵬は大きく伸びをした。

「さて。久しぶりに、都にでも繰り出すかな」

少し、面白くない気持ちだった。

その気持ちのままに、いささか厭味な言葉が美麗の唇から飛び出していく。

「妓楼にでもおいでになるの？」

龍鵬が、ぐい、と顔を近づけ、美麗の顔をのぞき込んだ。その口元には、さも楽しげな笑みが浮かんでいる。

「なんだよ。美麗。妬いてんのか？」

「妬いてません！」

「心配すんなよ。美麗が一番だって。美麗が一番美人だし、俺は美麗のことを一番愛してるからな」

「なっ……！」

みるみるうちに、頬が真っ赤に染まっていくのが自分でもわかった。

わかってる。こいつはこういう男だ。誰にでも、軽い調子で睦言をささやく。きっと、これから行くという妓楼でも、妓女たちをたくさん侍《はべ》らせて、その全員に同じことを言うのだろう。

なのに、胸がドキドキする。頭の中が、カッ、と熱くなって、息も止まりそう。

「真っ赤だぞ。美麗」

龍鵬が声を立てて笑った。

その横で、呂青文までが袖で口元を覆って笑いをこらえている。

「もうっ。呂青文さままで、ひどいですっっっ」

「お、お許しを……、美麗さま……」

「呂青文さまからも、このろくでなしをたしなめてやってください。言っても聞かないこの人のことです。言ってやらなければ、更に増長するばかりですわ」

美麗としては、至極《しごく》まっとうなことを言ったつもりだった。

だが、やはり、龍鵬には届かないようで……。

「なあ。美麗。前から気になってたんだけど……」

「何よ?」

「俺にはぞんざいな口を利くくせに、なんで青文には敬語なんだよ」

確かに、そのとおりだ。本来なら、皇帝である龍鵬に対してもっと敬《うやま》う言葉を使うべきなのに、気がつけば、いつの間にか敬語を忘れていた。

たぶん、出会いが出会いだったせいだ。最初に張りついてしまった、昼間から妓楼に入り浸っているろくでなしという龍鵬への印象が、今も美麗の中に残っているのだろう。

でも、ほんとうに、そうだろうか?

それだけ、龍鵬の存在が美麗の近くにあるという証拠ではないのか？

そう思いついた途端、真っ赤だった頬に更に血が上った。

「知りませんっっっ!!」

そう言って、美麗は龍鵬に、くるり、と背を向けた。

「妓楼でもなんでも、勝手に行けばいいわ！」

肩を怒らせ、治朝を出る。扉を守る兵士たちが何ごとかと美麗のほうを見ていたが、そんなことを気にする余裕はなかった。

龍鵬の言うとおり、この気持ちは嫉妬なのだろうか？

龍鵬が妓楼に行くと思ったら、なんだか、胸がもやもやした。そこで、美しく着飾った女たちを侍らせ、満足げに笑っている龍鵬なんて想像したくもない。

（でも、それって、わたしがとやかく言えるようなことなのかしら……）

美麗は寵姫とはいえ名ばかりだ。実際には、龍鵬とくちづけ一つ交わしたことはない。

龍鵬は、人前では、肩を寄せ、美麗の腰を抱き、耳元で甘い言葉もささやいたりするが、それは、羅玄成を始めとする奸臣たちを欺《あざむ》く策略なのだ。

急速に頭が冷えた。龍鵬だって男。しかも、まだ枯れるにはほど遠い年齢だ。それなりの男の欲もあって然《しか》るべきだろう。

後宮が龍鵬にとって安らげる場所でないのなら、龍鵬が妓女たちにそれを求めたとしても責めることはできないと思った。かりそめの寵姫である美麗にその資格はない。

（当然じゃないの）

だから、これは、あれだ。嫉妬じゃなくて、いまだに、美麗にすべてを打ち明けてはくれない龍鵬に対する不満。先刻だって、呂青文と内緒話をしていた。自分は、龍鵬と『同志』になったはず。同志であるのならば、何ごとも隠さないのではないか？

やっぱり、自分は、まだ、龍鵬に信用されているわけではないのかもしれない。

そのことが、とても、淋しい……。

気持ちが、しん、とした。それは、表情にも表れたのかもしれない。さりげなくあとを追ってきた呂青文が穏やかな声で言った。

「美麗さま。陛下は美麗さまを特別に思っておいでですよ」

「……わたしは、別に、何も……」

「私は、十二の歳から陛下にお仕えしておりますが、あんなに楽しそうな陛下のお顔を見るのは初めてです」

楽しそう？　龍鵬が？

（ほんとうかしら？）

わからない。今までの龍鵬を知らないのだから、美麗には比べようもない。

「……図書寮に行きたいのですが、よろしいでしょうか？」

なんて返していいのかわからなくなって、代わりにそう言うと、呂青文が恭しく頭を下げる。

「かしこまりました。美麗さま。この呂青文がお供《とも》をさせていただきます」

呂青文を伴い、図書寮へ向かって進みながらも、心に浮かぶのは、やはり、龍鵬のこと。

龍鵬は皇帝だ。叔父も亡き今、玉座を受け継ぐべき男子はおらず、いずれ、世継ぎを儲ける必要がある。

龍鵬は誰をその母に選ぶのだろう？　太子の母となるに相応しいと、龍鵬が判断するのは、どんな娘なのだろうか？

美しい娘？　教養がある娘？　心やさしい娘？　身分の高い父を持つ娘？

いずれにしても、それが美麗でないことだけは確かだ。だって、龍鵬は美麗のことを『品定め』さえしようとしないのだから。

もちろん、『品定め』などされたいわけではないが、龍鵬がその娘を後宮に迎える日のことを考えると気が重くなった。

その時、自分はどうするだろう？　少なくとも、牛宿房《ぎゆうしゆくぼう》を明け渡す必要があるだろうが、そのあと、どこへ行って、何をしているのか、想像もつかない。

ため息をつきながら、図書寮に入っていくと、今まさに退出しようとしている羅玄成と鉢合わせした。

羅玄成は、美麗の姿を認め、通路の脇に退いて頭を下げる。羅玄成を見送るところだったのか、以前、美麗を案内してくれた文官の安平子《あんへいし》もいて、彼も羅玄成にならった。

ちらり、と羅玄成を一瞥した美麗が、その前を通り過ぎようとした時、ふいに、羅玄成が声をかけてくる。

「高妃さま。いささか、高妃さまにお尋ねしたきことが……」

警戒心を高めながら、美麗はうっすらと微笑みを作る。

「なんでしょう？」

「高妃さまのお祖父さまは、もしや、高伯達《こうはくたつ》殿では？」

意外な名前を出されて、美麗は目を瞠《みは》った。

「相国さまはわたしの祖父をご存じなのですか？」

「ええ。よく存じ上げておりますよ。この図書寮に古くから仕えているもので、その名を知らぬ者はいないでしょう」

見れば、羅玄成の隣で、安平子が青ざめ震えている。

では、安平子も祖父の伯達のことを知っているのだろうか？

問い質《ただ》すより先に、羅玄成が訳知り顔でうなずいた。

「なるほど、そういうことですか。陛下もお人が悪い」

「……どういうことです？」

「さて、私の口から申し上げてよいことやら」

羅玄成の笑みが深くなった。何かを企んでいる者の目。

「知りたいのなら、陛下にお聞きになることです。お気の毒な高妃さま。まさか、何もご存じでなかったとは」

勝ち誇ったような視線を美麗に向け、それから、羅玄成は図書寮を出ていった。

いったい、どういうことなのだろう？　呂青文に聞いたら教えてくれるだろうか？

だが、ここは人目が多過ぎる。気にしていないふりをするしかない。

美麗は、羅玄成の背中を見送り、それから、いまだ青ざめている安平子にさりげなく聞いてみた。

「相国さまはよく図書寮においでになるようですね」

安平子が強張《こわば》った笑みで答える。

「正史の監修をなさっておいでなのです。歴史に残るものですから、間違いがあってはなりませんので」

それは、確かにそうだが、でも、なんだか、腑に落ちない。正史の編纂《へんさん》は大事業とはいえ、わざわざ羅玄成が口を出すようなことと思えなかった。

その疑問は胸の中に隠して、美麗は笑顔を作る。

「相国さまがそれほど力を入れておいでなのなら、きっと、すばらしいものができあがることでしょう。わたしも拝見したいものです」

「まだ草稿《そうこう》でございますが、それでもよろしければご覧になりますか？」

「ええ。是非《ぜひ》」

安平子に誘われ、書庫のこの前とは別の棚に案内される。

棚には紙の束を紐で綴じたものがたくさん並べられていた。

美麗は、その中から最も新しい時代のものを手に取った。時代的には、ちょうど、龍鵬が五歳で皇帝となったそのあたりだ。

文書にはこう綴られている。

先帝が崩御した際、長男である龍鵬はまだ五歳だった。

羅玄成を始めとする官僚たちは、幼帝龍鵬を盛り立て、この国始まって以来最大ともいえる国難を乗り切ろうとしたが、先帝の弟である王敬忠《おうけいちゅう》がそれに異《い》を唱えた。

曰《いわ》く、『五歳の子供に皇帝が務まるものか。皇帝には我こそが相応しい』

これは反逆罪である。皇帝の位は先帝の息子である龍鵬が継ぐべきものであり、それを阻止し、皇帝の位を簒奪《さんだつ》せんとする王敬忠は謀反人《むほんにん》である。

官僚たちは、王敬忠の野心を憎み、幼帝にいっそうの忠義を誓ったが、ついには、王敬忠派による龍鵬暗殺未遂に至る。

官僚たちの意見も二つに割れ、多くは幼帝こそが正しき血筋であるとして正義を選んだが、中には、王敬忠の邪《よこしま》な企みに囚われる者もいた。

その急先鋒が皇太后だ。皇太后は、あろうことか、夫の弟である王敬忠と通じ、その恥ずべき情念から、我が子龍鵬ではなく、王敬忠を皇帝にと望んだ。

しかし、正義なき輩《やから》は必ず滅びるものである。

天星宮内の王敬忠派は幼帝の徳の力により次第に力を失い、王敬忠は、はるか国境に逃れ、そこで憤死《ふんし》し、皇太后も龍鵬の妹である公主《こうしゅ》と共に天星宮を追われた。

そこまで読んで、美麗は小さくため息をつく。

龍鵬が皇帝に就いたころ、美麗はまだ赤子《あかご》だった。祖父も好んで語ってはくれなかったし、その経緯《けいい》については詳しく知らなかったが、天星宮の中ではこんなことが起こっていたのか。

これで、ようやく皇太后さまに会えなかった理由もわかった。

まさか、天星宮を追われていたなんて。それも、自分の夫の弟と通じた罪で。

叔父に生命を狙われ、母にも裏切られた龍鵬。もし、それがほんとうなら、龍鵬が哀れ過ぎるが……。

（でも、この文書には、ちょっとおかしいところがあるような気がするわ）

王敬忠は、国境の村で、今わのきわにこう口にしたという。

『兄弟《けいてい》にしくはなし』

詩経《しきょう》の中の一節。兄弟ほどよいものはないと、そういった意味の言葉。そこからは、王敬忠が兄に寄せていた思いが如実《にょじつ》に感じ取れる。

兄の妻と通じ、その子から皇帝の位を簒奪しようとした男が、そんなことを言うだろうか？　それも、今から死に行くという、その時に。

何より気に入らないのは、官僚たちは幼帝にいっそうの忠義を誓ったというくだりだ。

現在、龍鵬が置かれている状況を鑑《かんが》みれば、それが真実だと鵜《う》呑《の》みにするわけにはいかなかった。

あるいは、この文章を書いた人は、ほんとうは、官僚たちが、ただ、都合のいい傀儡《くぐつ》として利用するために幼い龍鵬を皇帝に据えたことをごまかすつもりで、わざと『忠義』を強調したのではないだろうか。

たぶん、この文書に綴られている歴史は改竄《かいざん》されている。

羅玄成が、たびたび図書寮を訪れ、正史の編纂に口出ししているのも、自身に都合のいい歴史を捏造《ねつぞう》し、自身の罪を隠蔽《いんぺい》するためなのだろう。

図書寮で正史の編纂をしている者たちも、きっと、羅玄成の息のかかった者ばかりに違いない。

いや、天星宮の官僚の中で、羅玄成たち奸臣の息のかかっていない者など、もう、いないのだ。王敬忠が死に、皇太后が天星宮を追われた今、彼らに味方をした者たちが、安穏《あんのん》として天星宮で官僚を続けていられるはずがないではないか。

味方はいない。周囲は敵ばかり。

龍鵬は、この先、どうやって、戦い続けていくつもりなのだろう？

眉を寄せ、考え込んでいると、ふと、傍らに控えていた安平子の視線に気づく。

「何か……？」

美麗の問いかけに、安平子は、青ざめた唇で、あたりをはばかるような小声を返した。

「……お、おそれながら、高妃さま……。高妃のお祖父さまが高伯達さまだというのは、ほんとうなのですか？」

「あなたも祖父をご存じなのですか？」

やんわりと返せば、安平子がいきなり床に平伏《へいふく》する。

「わ、私が、この図書寮に配属されました時、高伯達さまは秘書監《ひしょかん》を務めておいででした」

秘書監といえば、この図書寮の長官だ。天星宮に出仕していたことは知っていたが、まさか、そんな重要な役職に就いていたとは。

「祖父が秘書監？　ほんとうに？」

「ご存じないのですか？」

「祖父はわたしには何も話してくれませんでしたから」

「では、あなたのお父さまもこの図書寮に出仕なさっていたことも？」

「父？　わたしの父が、ですか？」

ああ。それこそ、祖父は何も語ってはくれなかった。

幼い美麗が父や母のことを口にするたびに、伯達が悲しい顔をするので、今まで聞けずじまいだったのに、今、こんなところで、その名を聞こうとは。

「高妃さまのお父さまは、わたしより二年早く図書寮に配属となられた方で、出仕して間もない、右も左もわからぬわたしに大変親切にしてくださいました」

「まあ……。そうでしたの……」

「大変教養深く、書も達者で、明るいお人柄だった。いずれ、お父上である伯達さまの跡を継ぎ、秘書監になられることを誰も疑っておりませんでした。あんなことさえ、なければ……。あんなことさえ……」

安平子の声が震えた。声だけでなく、その身体も、ぶるぶると小刻みに震えている。

「あんなこと？　どういうこと？」

「そ、それは……」

「もしかして、先ほど相国さまがおっしゃっていたことと何か関係があるのですか？」

詰め寄ると、安平子は、美麗から視線を背けながら、か細い声で答えた。

「高妃さまのお父上は、王敬忠さまとは年齢も近く、とても親しくしておいででした。当然、次の皇帝には王敬忠さまをとお考えになり、そして、王敬忠さま、皇太后さまと共謀《きょうぼう》し、皇帝陛下に毒を……」

「そんな……、まさか……」

「暗殺計画は失敗に終わり、お父上は自害なさいました。つまり、皇帝陛下にとって、高妃さまは、自身を暗殺しようとした男の娘。知っていて妃になさるなど、皇帝陛下はあまりにも惨《むご》いことをなさると、相国さまはそうおっしゃりたかった……」

安平子の声が途切れた。入り口近くに控えていた呂青文が、いつの間にか近寄ってきて、その腕を乱暴に掴み上げたからだ。

「それ以上余計なことを高妃さまのお耳に入れぬように」

「ひっ」

「差し出がましい真似をなさると、御身にかかわりますよ」

「ひぃぃぃぃぃぃっ……」

安平子の口から細い悲鳴が漏れる。

いつも感情を露《あらわ》にしない呂青文の涼やかな瞳に、今は、見たこともないような光が宿っていた。目にしただけで、息絶えてしまいそうなほどの剣呑《けんのん》な光。

思わず、ゾクリ、と身を震わせていると、その冷ややかなまなざしが美麗に注がれる。

「参りましょう。美麗さま」

「でも……」

「これ以上、ここにいるのはよくありません」

よくない？　誰にとって？

問いかけることも許さず、呂青文が美麗の背中を押した。

追い立てられるようにして図書寮を出たあと、美麗は呂青文の腕を振り払う。

「呂青文さま。あれは、ほんとうのことなのですか？　私の父が、皇帝暗殺を企てたなどと……」

呂青文の瞳にはいつもと同じ涼やかさが戻っていた。

だが、美麗は、もう、見てしまったのだ。呂青文の中には、見た目の涼しさとは全く違う激しいものが隠されている。ひょっとすると、そちらのほうが、ほんとうの呂青文で、美麗の前では自身を偽《いつわ》っているだけなのかもしれない。

「それは私の口から申し上げるべきことではございません」

呂青文の声はまなざしと同じく涼やかだった。

「陛下が必要と判断されれば、いずれ、陛下ご自身がお話しになるでしょう」

「それまで黙っていろというの？　おとなしく龍鵬の言うことを聞けと？」

「美麗さま」

「そんなことできるわけないわ。龍鵬はわたしにこんな大切なことを秘密にしていたのよ。それは嘘をついていたのと同じことだわ」

美麗は呂青文に背中を向け走り出す。

ひとり、牛宿房にたどりつき、自身の部屋に引きこもっても、心は乱れたままだ。

ずっと、感じていた。自分は、龍鵬に心から信頼されているわけではないと。

(それって、このせいだったのね)

だったら、最初から、そんな娘を妃になどと望まなければよかったのに。

(わたしだって、望んでここに来たわけではないわ!)

では、帰るのか?

この天星宮であったことなど何もなかったことにして、元の自分に戻れるのか?

(そんなこと、できるの?)

だって、美麗は、もう、知ってしまったのだ。

天星宮の中で渦巻く陰謀のことも、それが、華陽の都にも暗い翳《かげ》を落とし始めていることも、そして、その陰謀とひとり戦い続ける龍鵬のことも。

戻れない。でも、先にも進めない。

(それでも、わたしは……)

どのくらいそうしていたのだろう?

ふいに、人の気配が近づいてきた。誰何《すいか》をする必要もなかった。この部屋に自由に出入りができる者は、美麗を置いてはひとりしかいない。

「美麗……」

重苦しい声が美麗の名を呼んだ。

気がつけば、あたりには闇が満ちている。誰の呼びかけにも答えず、じっと、うずくまっているうちに、どうやら、日も暮れてしまったらしい。

「美麗……」

再び、美麗の名を呼んだ龍鵬が、近づいてきて美麗の肩に触れた。

美麗は、その手を、乱暴に払い落とす。

「いやっっっ。さわらないでっっっ」

なぜ、それほどまでにひどく拒絶してしまったのか、自分でもわからなかった。ただ、龍鵬に触れられたくなかった。その掌《てのひら》のぬくもりにごまかされてしまいそうな自分が怖かったのかもしれない。

龍鵬は何も言わない。ただ、黙って立ち尽くしている。

そのことから、美麗は、既に、龍鵬が図書寮でのことを耳にしていると知った。

それも、当然のことか。あの有能で忠実な呂青文が、龍鵬に報告しないわけがない。

「わたしの父があなたに毒を盛ったというのはほんとうですか？」

美麗は硬い声で問うた。

沈黙。ややあって、答えが返ってくる。

「……世間ではそういうことになっているな」

龍鵬の声は、低かったけれど、落ち着いていた。なぜか、それが癪《しゃく》にさわり、美麗はいっそう声を強張らせる。

「では、そのせいでわたしの父が自害したというのもほんとうなのですね」

「……」

「だから、陛下はわたしを妃にとお望みになったのですか？　仇《かたき》の娘であるわたしなら、いくら利用しても心が痛まないと、そんなふうにお考えになったのですか？」

のろのろと顔を上げ、龍鵬を見上げるけれど、闇に慣れた目にも、わずかにその輪郭《りんかく》が捉えられたのみで、表情までは窺い知ることはできない。

ひやり、と冷たい声で、龍鵬は言った。

「俺を恨《うら》んでいるのか？」

「わたしが？　陛下を？　どうして？」

「おまえの父は俺のせいで死を選んだ。それを知ったおまえの母は、嘆《なげ》きのあまり、生きる気力を失い、おまえを置いて世を去ることとなった。おまえの両親を殺したのは俺だ。恨んで当然だろう」

美麗は、目を瞠り、絶句して、それから、力なく肩を落とす。

「……わかりません……」

「なぜ、わからない？」

「父のことも、母の死に方も、わたしは、今日初めて知りましたから」

「そうか……」

伯達があれほど口をつぐんでいた理由が、美麗にもようやくわかった。

美麗の両親のこんな最期を、伯達は口にしたくなかったのだろう。有能だったという父は、祖父の伯達にとって、自慢の息子だったはずだ。

伯達は龍鵬を恨んでいたのだろうか？　だから、請《こ》われても天星宮には戻らなかったのか？　それならば、なぜ、美麗が後宮に入ることを許したのだろう？　呂青文の言葉を借りれば、どうして、龍鵬に『賭けた』のか？

混乱する頭は、どんなに考えても、まともな答えを見つけ出してはくれなかった。

こんな時、心を落ち着けるための言葉が経書《けいしょ》にはいくらでも書かれていたはずなのに、何一つ思い出せない。

理性が感情に食《く》われていく。

理論よりも、気持ちが先走る。

唇から溢れた声は、我ながら、呆れるくらい刺々《とげとげ》しかった。

「陛下のほうこそ、わたしを恨んでおいでではないの？」

「なぜ、俺がおまえを恨まなければならない？」

裏腹に、龍鵬の声が醒《さ》めているのが気に入らない。

「だって、わたしはあなたを殺そうとした男の娘よ！」

感情の抑《おさ》えがきかなかった。わけのわからない苛立ちだけが募《つの》っていく。

「あなたがわたしを殺したいくらい憎んでいたとしても、わたしは驚かないわ。むしろ、それが当然のことでしょう？　なのに、どうして、そんなわたしを『同志』だと言ったの？　わたしはをだますつもりだったの？　答えて。お願い。ほんとうのことを言って」

「美麗……。俺は……」

龍鵬の掌が美麗の頬を包む。

ふわり、とやわらかな感触が唇に触れ、そして、すぐに、離れた。

「あ……」

今のは龍鵬の唇だった。

くちづけ。

とけてしまいそうに、やさしく、淡い……。

昂ぶった感情が、薄氷《はくひょう》のように、パリン、と壊れた気がした。

その下で眠っていた感情が、急速に、芽吹き、葉を広げ、育っていく。

わたし、この人の手助けがしたかったの。

お祖父さまがこの人に賭けたように、わたしもこの人に賭けてみたかったの。

見た目の軽薄さとは裏腹に、この人の心の中は、もっと、大きく、もっと豊かなもので溢れている。

誰よりも近くで、わたしはそれに触れてみたかったの。

でも。

龍鵬が笑った。

「……くちづけなんかで、わたしをごまかせると思わないで……」

急に、気持ちが、しゅん、としぼんだ。憎まれ口でさえ力ない。

(わたしにはその資格があるの?)

「ごまかしてなんかいない。美麗は賢いからな。簡単にごまかせないことくらい、俺だって知ってる」

「だったら、なんなの?」

「それは……」

龍鵬が答えるより先に、扉の向こうで声がした。

「陛下」

押し殺した声は、呂青文のもの。

龍鵬がいるとはいえ、こんな時間に呂青文がここまでやってくるなんて、ただごとではない。

龍鵬が、立ち上がり、扉を開く。

「何があった？」

龍鵬の問いに、呂青文が低く答えた言葉は、美麗の心によりいっそうの混乱をもたらした。

「陛下。高伯達さまのご容態が急変したそうです。医師によれば、今夜が峠《とうげ》かと……」

◇　◇　◇

「来い！」

手を引かれた。龍鵬のもう一方の手は、既に手綱《たづな》を握っている。

「いいの？」

馬で伯達のところまで連れていってくれるというその申し出は、正直、心底ありがたい。だが、皇帝が、供も連れず、勝手に外出するなんて許されるのだろうか？　しかも、妃まで伴って。

美麗の危惧《きぐ》をよそに、龍鵬は声を立てて笑った。

「俺が、今まで、何度、ひとりで天星宮を抜け出したと思う？　今更、それを咎《とが》める者なんかいない」

「……龍鵬……」

「俺を止められるのは俺だけだ。そうだろう？　美麗」

美麗は、龍鵬の瞳をじっと見つめ、一つ大きくうなずくと、龍鵬の手を取った。

身体が、ふわり、と浮いて、馬の背に乗せられる。あっと思った時には、もう、馬は走り出していた。

すぐに、隣に葦毛《あしげ》が並ぶ。駆っているのは呂青文だ。

「私が先導いたします」

「頼むぞ。青文」

「お任せを」

二頭の馬が夜の都を駆け抜ける。

龍鵬はもちろん、呂青文も馬の扱いは見事だった。やはり、呂青文はただの雑用係などではあるまい。

（龍鵬は、いつか、それも話してくれるのかしら……）

背後から自分をしっかりと抱き締めている龍鵬の腕を掴んだ指に、ぎゅっ、と力を込めると、龍鵬がかすかに笑う気配がした。

（そういえば……）

と美麗は思う。

そういえば、初めて龍鵬に出会った日も、こうして馬に乗せられて天星宮に連れていかれた。あの時、自分がどんな気持ちでいたのか、思い出そうとするけれど、もう、よくわからない。

自分は変わったのだ。龍鵬を知って、否応なく、変わってしまった。

溢れ出すせつなさに身を震わせながら、疾走《しっそう》する馬の背に身を委《ゆだ》ねているうちに、やがて、人家が見えてきた。

都の外れ。一軒だけ離れて、林の中に瀟洒《しょうしゃ》な屋根が見える。

周囲は高い塀に囲まれていた。天星宮の門に並ぶ兵士のように屈強な門番がふたり、入り口を守っている。

予《あらかじ》め先触れをやっていたのか、呂青文と龍鵬が馬をつけると、すぐに、中から人が出てきて馬の手綱を取った。

「こちらでございます」

呂青文に導かれるまま、建物の中に入っていく。

伯達は、一番奥の部屋にいた。静かで、日当たりもよく、清潔な部屋だ。

「お祖父さま！」

美麗は寝台に横たわる伯達のそばに駆け寄った。

傍らには医師が控えている。医師は重い声で言った。

「先ほどまでは苦しんでおいででしたが、薬が効いて、今は、お休みになっていらっしゃいます」

美麗は、医師に深く頭を下げ、それから、伯達の顔をのぞき込む。別れた時よりも、いっそう、痩せた。それに、顔色も悪い。こんなことなら、来るなという伯達の言葉など無視して、さっさと会いに来ればよかった。

「お祖父さま……」

そっとそっと呼びかけると、伯達が低くうめいた。瞼《まぶた》が揺らいで、うっすらと目が開く。

「……美麗か……」

か細い、かすれた声。

「……来なくてもよいと言ったのに……」

美麗は、伯達の細くなった手を両手で握り締め、無言のまま、左右に首を振る。

溢れ出る涙が邪魔をして、何も言えなかった。大声を上げて泣き出してしまいそうで、ただ、唇をきつく噛み締める美麗を慰めるようにそっと抱いてから、龍鵬が美麗の傍らにひざまずく。

「高伯達殿。お久しぶりです。王龍鵬でございます」

「おお……。皇帝陛下……」

伯達が力のない身体でなんとか起き上がろうとするのを両手でやさしく抑え、龍鵬が微笑みかける。

「どうぞそのままで」

「……このようなお見苦しいところをお見せし、お恥ずかしい限りです……」

「いえ。高伯達殿は我が妃美麗の大父《たいふ》。ということは、私にとっても大父です。孫の私に何を遠慮なさることがおありでしょう」

龍鵬の態度はとても立派だった。まるで、非の打ち所のない皇帝のように、言葉遣いも、態度も洗練され、そして、やさしく慈愛に満ちている。

また、一つ、新しい龍鵬を知った。

この人は、時と場所に応じて、いろんな自分になれる。それを自分に許すだけの、知識と、教養と、大きな器《うつわ》を持っている。

「立派におなりだ……」

伯達がそう言って目を細めた。

「面差《おもざ》しがお祖父さまによく似ていらっしゃる」

「祖父と高伯達殿は学友でいらしたそうですね」

「先々代の陛下と、相国の叔康正《しゅくこうせい》、そして、私は同じ師に指示した同門です。陛下も叔康正も国を守ることに生命と情熱をかけていました。それが、なぜ、このようなことに……」

「高伯達殿」

「あんなことさえなければ、呂青文殿もあのように低い身分に甘んじることはなかったでしょう。祖父である叔康正同様、陛下の片腕として国政に携わっていたはず。呂青文殿だけではない。私の息子も、そして、生まれてくるはずだったその子も……」

ごほごほと、伯達の喉から乾いた咳が溢れ出す。それがとても性質《たち》のよくない咳であることは、美麗にもすぐにわかった。

「お祖父さま。もうお休みになって」

聞きたいことは、たくさんあった。父のこと。母のこと。そして、龍鵬のこと。

だが、今は、伯達の容態のほうが心配だ。

伯達の肩を撫で静かな声で促すと、伯達は、一旦は、目を閉じ、寝台に身を預けたが、次の瞬間には、カッ、と目を見開き、龍鵬を見つめる。

「陛下……。どうぞ、美麗をお願いいたします」

「お祖父さま……」

「私はよい。もう、充分生きた。これ以上、見たくないものを見続けていく気力もありません。ただ、この子のことだけが気がかりなのです……」

龍鵬が、そっと伯達の手を握り、大きくうなずく。

「お任せください。高伯達殿。何に替えても、わたしが美麗を守ってみせます」

「お願いです……。陛下……、陛下……、美麗を……、美麗を……」

伯達のうつろな瞳からは、止め処《ど》ない涙が溢れ出していた。もう、自分でも何をしゃべっているのかよくわからないのかもしれない。

「お祖父さま！　お祖父さま！」

悲鳴のように、美麗は伯達の名を呼び続けた。伯達からのいらえは既《すで》にない。

「失礼」

傍らに控えていた医師が、寝台の側まで歩み寄り、伯達の様子を診《み》る。

取り乱す美麗の肩を龍鵬が抱き寄せた。

「美麗。邪魔になるから、こちらへ……」

「いや……。お祖父さま……。お祖父さま……」

抗《あらが》うと、そのまま、室内に設《しつら》えられた長椅子に導かれ、ふわり、と抱き締められる。

広い胸。包み込むようなぬくもり。

悲しみが胸の深い場所から一気に噴き上がってくる。

伯達の具合がよくないのはわかっていた。きっと、とてもよくない病気なのだということも。想像することさえ怖くて、今まで考えないようにしていたけれど、現実がすぐ目の前に迫ってきているのを、いやでも感じずにはいられない。

「いやよ……。お祖父さま……。わたしを置いていかないで……」

美麗は、両手で顔を覆《おお》い、わっと、泣き伏した。

「お祖父さまがいなくなってしまったら、わたしはひとりぼっちよ。わたしと血のつながった人は、もう、お祖父さましかいないのに……」

子供のように声を上げ、泣きじゃくる美麗の背中を、龍鵬はやさしく撫でる。

「大丈夫。大丈夫だ、美麗。俺がいる。俺がおまえをひとりにはしない」

その掌が、やさしければやさしいほど、あたたかければあたたかいほど、悲しくなって、涙が溢れ出す。

美麗は泣いた。ただ、ひたすらに、泣き続けた。

涙が止まらなかった。

◇　◇　◇

ふと、気づくと、あたりはうっすらと明るくなっていた。

朝になったのか。

霞《かすみ》のかかったような頭でぼんやり考えたあと、はっと我に帰る。

(お祖父さまは!?)

あわてて視線を向けると、寝台に横たわる伯達の姿が見える。

顔色は相変わらず土気色《つちけいろ》だ。上下する胸は苦しげで、吐息はか細い。でも、まだ、生命はある。とりあえずは、持ち直したのかもしれない。

美麗は、安堵のため息を細く吐き出し、それから、身を起こす。

昨日は、どうやら、泣き疲れて、あのまま眠ってしまったらしい。

傍らに、龍鵬の姿はなかった。その身代わりのように、美麗の身体の上を、昨日、龍鵬が羽織っていた錦が覆っている。

そっと手繰《たぐ》り寄せてみれば、錦には、まだ、龍鵬の体温が残っているような気がした。やさしく背中を撫でてくれた掌。抱き締めてくれた力強い腕。そして、包み込むようなぬくもり……。

思い出すと、苦しいくらい胸がせつなくなる。

自分があんなに弱い女だったなんて、自分でも初めて知った。

何があっても取り乱さず、自分を律《りっ》する自信があったのに。

全部、龍鵬のせいだ。龍鵬がやさしくするから、美麗は弱くなった。あの広い胸に苦しみを預け、甘えたくなってしまった。

なぜ？

（こんなにやさしくするの？）

どうして？

（おまえをひとりにはしない、なんて、言うの？）

このままでは誤解してしまう。

自分が龍鵬に求められているのではないかと期待してしまいそうになる。

「龍鵬……」

美麗は、龍鵬の残した錦に頬を寄せ、そっと、くちづけた。

胸の奥からそっと滲み出してきたのは、生まれて初めての甘い疼き。

（わたし……。あの人のことが……）

龍鵬の錦を胸に抱き締めながら、唇を噛み、こみ上げてくる感情をこらえていると、ふと、傍らで人の気配がする。

「おはようございます。美麗さま」

呂青文だった。

美麗はふらつく頭を上げる。喉は張り付いたように渇いていたが、思っていたよりは、はっきりと声が出た。

「龍鵬は？」

「陛下は朝見《ちょうけん》のために天星宮にお戻りになりました」

呂青文は、伯達の顔を見下ろし、密《ひそ》やかな声で言う。

「今は落ち着いておいでのようですね」

「ええ……」

「医師が新しい薬を試してみると言っていました。きっと、よく効いて、お元気になられますよ」

それは、美麗を慰めるための、ただの気休めなのかもしれない。それでも、呂青文の心遣いをありがたいと思う。

万事において有能。教養深く忠義にも厚い。そんな呂青文が、なぜ、無位に甘んじているか、ずっと、不思議だったが……。

「呂青文さまのお祖父さまは相国を務めていらしたのですね」

呂青文が静かにうなずく。

「元々、さほど家格の高い家の出身ではなかったのですが、先々代の皇帝陛下と同門だったこともあり、陛下が祖父の力量を見込んで推挙《すいきょ》してくださったのだそうです」

「そう……」

「先々代の陛下が身罷《みまか》られたのちは、そのご子息であらせられる先代の陛下にも相国としてお仕えしていたのですが、その陛下も、たった五歳の、立太子も済んでいないお子さまを残され、若くして身罷られました」

その五歳の子供が龍鵬だ。

「祖父の弁《べん》によれば、先代の陛下は、まだ幼い我が子の将来を案じられ、弟である王敬忠さまに幼子《おさなご》の未来を委《ゆだ》ねられたそうです。王敬忠さまも、幼い龍鵬さまが、皇帝として即位できる年齢になるまでは、自分が兄となり、父となって、龍鵬さまが次の皇帝として相応しい人物となるよう導くとお誓いになりました。ところが……」

呂青文の声が途切れる。いつも涼やかなまなざしには、ついぞ見たことがないほどの暗い翳《かげ》が落ちていた。

「殯《もがり》も終わり、あとは、王敬忠さまの即位の儀を待つばかりになったころ、降って湧いたように、その噂が天星宮じゅうに広まったのです。皇太后さま――つまり、龍鵬さまの母上が、王敬忠さまと通じ、王敬忠さまのために、わが子龍鵬を亡き者にしようとしているという噂が……」

「あ……」

美麗は、図書寮にあった正史の草稿のことを思い出す。あの草稿には、確かに、そのように書かれていた。

「それは、本当のことなのですか？」

呂青文が小さく声を立てて笑う。

「まさか。すべておぞましい謀《はかりごと》ですよ」

きっぱり言い切られて、すとん、と気持ちがあるべきところへはまり込んだような気がした。

そうか。やっぱり、そうなんだ。あの草稿は全部でたらめなのだ。

「もちろん、皆がその噂を信じたわけではありません。王敬忠さまや皇太后さまの人となりを知る者は、そのような根も葉もない噂話には耳を貸しませんでした。でも、信じた者も少なくはなかった。いわゆる、三人言いて虎《とら》を成《な》すというヤツですね」

たとえ、市に虎などいないとわかりきっていても、三人が「いた」と言えば、ほんとうに虎がいたことになってしまう。それだけ噂は恐ろしいということを説いた、魏《ぎ》の国の言葉だ。

「朝廷は、王敬忠さまを次の皇帝に望む者と、龍鵬さまを奉《ほう》ずる者とで真っ二つに割れ、両者がいがみ合い争い合う日々が続いたのですが、皇太后さまが王敬忠さまに送ったという文が明るみに出るに至って、ついには、龍鵬さまを奉ずる一派が勝利したのです」

ため息をついて、美麗は言った。

「その文も捏造《ねつぞう》されたものなのですか？」

「皇太后さまご本人が、ご自分でしたためられたものではないと断言しておいでです」

「皇太后さまは、今、どちらに？」

「陛下の妹君と共に、嬉《き》においでです」

「嬉？　そんなに遠くに？」

「囚われておいでなのです」

囚われている？　仮にも、皇太后と公主が？

美麗は驚きに目を瞠ったが、続く呂青文の言葉は更に驚くべきものだった。

「屋敷の周囲には高い壁が張り巡らされ、門は屈強な兵士が片時も離れず守っています。表向きは、厳重に警備するためということになっておりますが、ほんとうのところは、万が一にも逃げられぬようにするためでしょう」

「つまり、人質、なのね……」

呂青文がゆっくりとうなずく。

そうか。そういうことか。

龍鵬の母と妹の生命は羅玄成たちの手の中にある。龍鵬がうかつに動けば、その生命を危険にさらすことになるだろう。だから、龍鵬は、今まで、ずっと、傀儡《くぐつ》の皇帝でいるしかなかったのだ。

（あの人も苦しんでいるんだわ……）

龍鵬にできることは限られている。

その限られた中で、自分に何ができるか、手探りで試そうとしている。

こみ上げてくるものを、きつく唇を噛むことでなんとか抑え込みながら、美麗は呂青文に問う。

「それで？　そののち、呂青文さまのお祖父さまはどうなさったのです？」

話を聞くに、呂青文の祖父はひとかどの人物だったようだ。そのような人物が相国の座についていたのなら、奸臣たちの専横《せんおう》を許さなかったはず。

「美麗さま。あなたのお父さまと同じですよ」

「え……？」

「皇帝暗殺未遂の罪により投獄され、獄中死いたしました」

呂青文の瞳には冷たい光が宿っていた。それは、見るものを凍《こお》りつかせるほどの怒り。

「……もしかして、呂青文さまは龍鵬を恨んでいらっしゃるの？」

「ええ。恨んでいましたよ。殺したいくらいに」

思わず息を飲んだ美麗に、呂青文はぞっとするような微笑みを向ける。

「祖父だけではありません。父も捕らえられ、過酷な取調べの末、無実を叫びながら、この世を去りました。母は、罪人《つみびと》の子となったわたしを連れ、川を下り、東方へ逃れましたが、その母もやがて病《やまい》で亡くなりました。孤児となった私に残っていたのは、私たち一族をこのような悲運に追いやった王龍鵬への怒りだけだったのです」

呂青文の微笑みが深くなった。

「私は、剣一本を胸に抱き、華陽の都に向かいました。天星宮には、門を通らず中に忍び込むことのできる古い抜け道があると、祖父から聞かされていましたので、それを使うつもりでした。私は、ごみをあさり軒下《のきした》で眠りながら新月の晩を待ち、やっと、天星宮に忍び込むことに成功したのです。昼間は物陰《ものかげ》に隠れ、夜は闇に隠れて、機会を窺うこと七日目にして、私は絶好の機会を得ることができました。場所は後宮の庭園でした。時間は深夜です。王龍鵬はひとりでした。物陰から行列を見て顔を覚えていましたから、間違えるはずがありません。これは、天が私に与えてくれた運命だと、私は思いました。死んでもいい。皇帝王龍鵬を殺せるなら、そのあと八つ裂きにされてもかまわないと思った。子供だったのです。私は十二歳。陛下も、また、私と同じ十二歳でいらっしゃいました」

「それで、どうなったのです?」

震える声で。美麗は問いかける。

「あなたは龍鵬に剣を向けたのですか?」

龍鵬が微笑んだ。

「ええ。背後から、いきなり斬り付けました」

「まあ……」

「卑怯《ひきょう》だなんて、思いもしませんでしたよ。それほど、私の憎しみは深かった。我ながら、相当殺気《さつき》がこもっていたのでしょうね。私の剣が届くより先に、陛下に気づかれてしまいましたが」

少しほっとしたあとで、美麗はそんな自分を笑う。もしも、その時、龍鵬が呂青文に殺されていたら、今、龍鵬が生きているわけがないではないか。

「陛下は、咄嗟にお持ちになっていた剣で私の剣を受け止められました。だからといって、私も引き下がれないところまで来ていたのです。再び、陛下に斬りかかっていき、防《ふせ》がれ、今度は、私が攻め込まれるということが続き、そうして、いったい、何十たび、切り結んだでしょうか。次第に、私のほうが力で押されるようになり、いつしか、私は土の上に転がり、真上から剣を向けられていた……」

「……そう……」

「私は陛下に言いました。『殺せ』と、『俺は叔康正の血につながる者だ。俺の家族を皆殺しにしたように、俺も殺せ。俺を殺して、叔康正の血を根絶《ねだ》やしにしろ。でなければ、何度でも、俺はおまえを襲うぞ』と。その時、陛下はなんておっしゃったと思います?」

龍鵬が?

美麗は首を左右に振る。

「想像もつかないわ」

「陛下は、『いい腕だ』と、声を立ててお笑いになりました。そうして、私の腕を掴み、『俺は国を取り戻す。君《きみ》が君であり、臣《しん》が臣である、民《たみ》のための正しき国を。だから、おまえはその腕を俺に貸せ』とおっしゃいました」

呂青文の切れ長の瞳が、まっすぐに、美麗を見つめる。その瞳は、龍鵬と同じ光を宿し、強く輝いている。

「私は呆気に取られました。たった今、自分を殺そうとした相手に、そのようなことが言えるものでしょうか？　私は思いました。こいつは馬鹿だ。紛れもない大馬鹿だ。こんな馬鹿な奴は、この世にこいつくらいしかいないだろう」

「でも、龍鵬らしいわ」

「ええ……。ええ……。そうですね……」

呂青文が笑う。くすくすと、さも楽しげに。

「たぶん、私は、あの瞬間、驚き過ぎておかしくなったのでしょう。気がつけば、私は陛下の手を取っていました。あれほど憎いと思った相手だったはずなのに、なぜか、もう、憎いとは思えなくなっていた」

「呂青文さま……」

「仇《かたき》を失った私は、それまでの心のよりどころを失ってしまいました。仕方がないから、賭けることにしたのです。王龍鵬という馬鹿に。以来、ずっと、陛下のおそばにお仕えしております」

いつか、呂青文が口にした『賭ける』という言葉が、よりいっそうの重みを持って、美

麗の胸の奥に刺さる。

奸臣たちから、君が君であり、臣が臣である、民のための正しき国を取り戻すことは、簡単なことではない。半《なか》ば、夢物語だ。

だが、その夢物語をなんのてらいもなく口にする龍鵬に、十二歳の呂青文は夢を見せられた。この男なら、その夢物語をほんとうにしてくれるかもしれない。ほんとうになるなら、その瞬間を見たい。それが呂青文の夢になった。

賭けるとは、きっと、そういう意味なのだろう。

「祖父にも、その話を……？」

そう聞くと、呂青文は、少しだけ表情を曇らせ、うなずいた。

「美麗さまに後宮に入っていただきたい旨《むね》をお伝えした際、当初、高伯達さまは話さえ聞いてはくださいませんでした。天星宮は恐ろしいところであり、みすみす不幸になるとわかっているのに、かわいい孫娘をそんなところにやるわけにいかないと、猛反対なさったのです」

「祖父が、そんなことを？」

「はい。そこで、私は、私の祖父のことを明かし、陛下の思いをお伝えしました。陛下は正しい政《まつりごと》が行われることを望んでおいでです。いずれ、奸臣たちは天星宮を追われ、不正は正されて、民は安寧《あんねい》を取り戻し、国はいっそう栄えることとなるでしょう。そのために、美麗さまのお力をお借りしたい。そう申し上げたところ、高伯達さまは、随分長い間考え込んでいらっしゃいましたが、やがて、最後には承諾してくださったのです」

「そう、だったの……」

なんだか、不思議な気持ちになって、美麗は伯達に視線を向ける。薬が効いているのか、伯達の息は安らかだ。

戸惑いながらも、美麗は呂青文に問うた。

「わたしの父はほんとうに龍鵬を暗殺しようとしたのでしょうか？」

「さあ……。証拠はありませんが、それも謀《はかりごと》でしょう」

「では、呂青文さまのお祖父さまやお父さまも……？」

「ええ。……でも、そんなことは、もう、どちらでもよいのです」

見上げた呂青文の瞳には晴れやかな笑みがあった。

「今の私には、祖父や父の汚名を晴らすことよりも、もっと大切なことがある。それに、たとえば、私の祖父や美麗さまのお父上がほんとうに陛下の暗殺を企てていたのだとして、陛下はその咎《とが》を私や美麗さまに負わせたりなさるでしょうか？」

「あ……」

「そんな昔のことなど、きっと、陛下は覚えていませんよ。そういう方ではありませんか。私たちの陛下は。だって、いくらお小言《こごと》を言ってもすぐに忘れてしまうんですよ。ね。美麗さま」

おどけたように笑いかけられ、つられて、美麗も小さく噴き出した。

「そうね……。そうかもしれないわね……！」

風が吹いた。さわやかなつむじ風。一瞬で、胸の中を覆っていた重苦しい雲が吹き飛ばされ、心は鮮やかに晴れ渡る。

そうだ。呂青文の言うとおり。龍鵬は、一度だってそのことで美麗を咎めようとしたことなどないではないか。美麗が、ひとりで罪悪感に踊らされ、ひとりで気に病んでいた。自分だけの思いに自ら閉じ篭《こも》っていた。

龍鵬のほんとうの気持ちがどこにあるかなんて、考えもしないで。

美麗は、笑い止むと、おもむろに立ち上がった。

「天星宮に帰ります。龍鵬のところに行かなくては。だって、私は龍鵬の妃ですもの」

呂青文がにっこりと微笑む。

「さようでございますね」

美麗は、呂青文に笑い返してから、伯達の元に歩み寄り、その痩せた手をそっと握った。

そうして、しばらくの間、眠る伯達を見つめたのち、ゆっくりと伯達に背中を向けたのだ。

◇　◇　◇

吹き抜けから射し込む陽射しがきらきらと光っていた。

風が回廊を渡り、日除けの薄物をやさしく揺らしている。

極彩色と金銀で彩られた外朝とは裏腹に、この寝殿の前庭は白一色だった。床には白い石が敷き詰められ、壁も柱も白く塗られている。

ここは、眩しいほどに明るい。ここにいると、今や華陽の都さえも飲み込もうとするほどに広がりつつある天星宮の闇のことなど忘れてしまいそうだ。

美麗は、ゆっくり歩み寄ると、池の縁に座り込んでいる龍鵬の隣に無言のまま腰を下ろした。

龍鵬のまなざしは池の中で薄桃色の花弁を広げている睡蓮《すいれん》の花に向けられている。でも、その瞳が見ているのは、もっと、別のもののような気がする。

見えるはずのないそれを探し出すように美麗も池の中に視線を向けていると、龍鵬が、美麗のほうは見ないまま、「高伯達殿は？」と聞いた。

「今のところ、落ち着いているようです」

「……そうか……」

「何もかも陛下のおかげですね。祖父に代わってお礼を申し上げます」

「俺は何もしていない。俺にできることなどたかが知れている」

その答えに、美麗は少し笑った。

「今日は随分謙虚《けんきょ》なのね。いつも無駄なくらい自信満々なくせに、なんだか、龍鵬らしくないわ」

「時にはそんな日もある」

「どうしたの？　何かいやなことでもあった？　わたしでよければ話を聞くわよ」

触れるか触れないかの距離にある龍鵬の肩。それが、わずかに揺れて、龍鵬が苦笑したのだと、見なくても美麗に伝えてくる。

「おまえのほうこそ、どうした？　今日は、いやにやさしいじゃないか」

「そんな日もあるのよ」

「青文に何か言われでもしたか？」

龍鵬の視線は、まだ、池に向いている。美麗も龍鵬を見ないまま言った。

「呂青文さまに殺されそうになったんですって？」

龍鵬が小さく肩をすくめるのが気配でわかった。

「……あいつ、案外おしゃべりだな」

「ねえ。聞かせて。どうして、あなたを殺そうとした呂青文さまを側仕《そばづか》えにしたの？　危険分子はさっさと排除《はいじょ》するのが普通でしょ？」

「ただの勘《かん》だよ。直感ってヤツ」

「じゃあ、わたしを後宮に入れたのも、ただの勘？　それとも、もっと、別の理由？」

ようやく龍鵬の視線がこちらを向く。美麗は龍鵬の瞳をじっと見返した。

「わたしの父に暗殺されそうになった時のことを教えて」

「そんなことを聞いてどうする？」

「どうもしないわ。ただ、確認しておきたいだけ。自分の父親のことですもの。知りたいと思うのは当然のことでしょう？」

しばし、思案するように黙り込んだ龍鵬は、やがて、おもむろに口を開いた。

「そのころのことはよく覚えていないんだ。なんせ、俺は五歳の子供だったからな」

「そう、でしょうね」

「覚えているのは、朝餉《あさげ》のあと、急に気分が悪くなって吐いたことと、俺と同じ朝餉を口にした毒見役の宮女が、ひとり、死んだことくらいだ」

「死んだ？」

龍鵬が静かにうなずく。

「毒は朝餉に添えられていた水菓子に盛られていたらしい。水菓子を朝餉に添えたのは宮女本人で、宮女が死んでしまったために、その水菓子の出所はわからなかった」

「その宮女自身が犯人だったという可能性は？」

「ないな。俺が生まれた時から、ずっと、仕えてくれていた宮女だった。母の信頼も厚かった。その宮女は巻き添えを食っただけだと思う」

「そう……」

いやな感じだった。龍鵬は長らえ、宮女は死んだ。それは、なぜだ？

「わかっていたのは、おそらく、水菓子はそれなりの地位にいる人物から献上《けんじょう》されたものだろうということだけだ。怪《あや》しい人物から献上された水菓子を宮女が皇帝の朝餉に添えるはずがないからな。そんな中、その水菓子が朝餉に添えられたまさにその日の朝、件《くだん》の宮女が誰かと会っていたと証言するものが現れた」

「その誰かが私の父だったのね」

「ああ。おまえのお父上は、容疑を否定した。だが、自宅に毒を隠していたことが発覚し、窮地に追い込まれた」

「毒？」

美麗は息を飲む。

「父はなぜそんなものを……」

「美麗のお父上は、毒など知らない、誰かに謀《はか》られたと、言い続けていたそうだ。だが、叔父上が皇帝となった暁《あかつき》には、友人という立場を利用し、更に高い地位を得るつもりだった、だから、卑怯な手を使って邪魔者を暗殺しようとしたのだ、などと中傷《ちゅうしょう》する者も少なくなかった。そのうち、美麗のお父上を支援していた者が、ひとり、また、ひとりと美麗のお父上の元を去り、身の潔白《けっぱく》を証明する機会を失い、結果……」

「……自害に追い込まれたのね……」

顔も覚えていない父の最期に、美麗の胸は重く軋《きし》む。

なぜ、自害などしたのかと父を責めることはできなかった。

獄《ごく》につながれれば生命はない。それは、呂青文の祖父たちの最期からも明らかだ。父にとっては、自害することこそが、身の潔白を証明する最後の手段だったのだろう。

「それで？」

美麗は龍鵬の黒い瞳をゆっくりと見上げて言った。

「父は有罪？　それとも、誰かに謀《はか》られたの？」

美麗は、もう、確信している。

父は謀られた。王敬忠も、皇太后も、呂青文の祖父と父親も、死んだ宮女も、皆、同じく、謀られた。

「それを俺の口から言わせる気か？　おまえには、もう、わかっているはずだ」

「でも。聞きたいの。聞かせて」

龍鵬の表情がわずかに動いた。けれども、感情を抑制するように細められた瞳からは、龍鵬が何を考えているのかは読み取れない。

低い声が龍鵬の唇から押し出された。

「俺は美麗のお父上は謀られたと考えている」

「謀ったのは、誰？」

「相国――羅玄成だ」

美麗は張り詰めていた息を吐き出す。

素直によかったと思えた。幼い子供の暗殺などという恐ろしいことを企むような人ではないと、龍鵬のその口で言ってもらえたことがうれしかった。

裏腹に、龍鵬の表情は険《けわ》しい。

「それで？　おまえは、どうするつもりだ？」

「え？　わたし？」

「羅玄成に復讐するのか？」

「復讐……」

そうか。父が羅玄成の謀《はかりごと》によって自害するに至ったというのなら、羅玄成は美麗の仇《かたき》だということになる。

確かに、羅玄成のしたことは許せない。報《むく》いを受けるべきだと切に思う。

でも……。

美麗は静かに首を横に振った。

「いいえ。相国――羅玄成に復讐したところで、父も母も帰ってこないわ。祖父もわたしにそれを望んでいないでしょう」

もちろん、美麗が男であれば、また、事情は違ったのかもしれない。だが、少なくとも、美麗は伯達から復讐を是《ぜ》とするような教育は受けなかった。

「そうか……」

龍鵬のまなざしがほっとしたようにゆるむ。

それで、美麗にもわかった。

龍鵬が美麗の父のことを黙っていたのは、美麗が真実を知れば羅玄成に復讐しようとするのではないかと、それを恐れたからだ。

実際、これが龍鵬と出会う前であったのなら、そうしていたかもしれない。龍鵬に背後から斬りかかっていった呂青文のように、羅玄成に刃を向け、揚げ句、返り討ちにされていたのかも……。

「……龍鵬は……？　龍鵬にとって、これは復讐なの……？」

美麗はかすかに震える声で龍鵬に問いかける。

「あなたは、たった五歳のあなたを皇帝にして、今まで人形のように扱ってきた奸臣たちを恨みに思い、それを晴らすつもりでこんなことをしているの？」

呂青文は、祖父と父の汚名を晴らすよりも、もっと大切なことがあると言ったけれど、では、龍鵬はどうなのだろう？

「恨み、か……」

龍鵬の声はくぐもって重い。

「もちろん、恨みはある。俺は、五歳で皇帝にはなりはしたが、実際のところ、俺に皇帝としての権限があるとは言えない。俺は人形だ。だが、人形はいやだと言えば、人質に取られた母と妹に危害が及ぶ。俺は何もできないまま、ただ、忸怩《じくじ》たる思いだけを抱えて人形としてこれまで生きてきた」

龍鵬の声に力がこもり、まなざしには光が漲《みなぎ》る。

「だがな。これは復讐ではない。俺には理想がある。俺は、君も、臣も、民も、みんながこの国が大好きだと言える国を作りたい」

龍鵬の声は、美麗の耳に明るく朗々《ろうろう》と響いた。黒く澄んだ瞳には、きらきらと眩しいほどの輝き。

「生きていれば、苦しいことやつらいことは必ずある。それは、君だろうが、臣だろうが、民だろうが、皆同じだ。だとしても、明日への希望があれば、いつかはまた笑える日が必ず来る。俺は、この国を、誰もがそういう明日への希望を失わない国にしたい。なあ。美麗。その理想の前には、復讐なんて瑣末《さまつ》なことだとは思わないか?」

「……龍鵬……」

「そんなのはただの理想だと言う者は多いだろう。人々の長い歴史の中、いったい、どれだけの皇帝や王が、そういった国づくりを目指し、結果、悉《ことごと》く失敗していったのを知らないのかと笑う者も。だが、俺は理想を失っては何も成《な》せないと思う。たとえ、決してたどり着けないのが理想だとしても、そこに近づくことをあきらめたら何も変えることはできない。だから、俺はこの理想を捨てない」

生まれて初めてだった。誰かの前にひざまずきたいと思ったのは。

今まで、どんな偉《えら》い人を前にしてもそう感じたことはなかった。実際にひざまずいた時でさえ、儀礼だから仕方がないという思いしかなかったのに。

(この人は皇帝なんだわ)

ただ、皇帝の息子に生まれついたというだけではない。皇帝になるべくして生まれてきた人。

皆が、龍鵬の持つ輝きに魅せられ、そして、龍鵬に己《おのれ》の夢を賭けてみたくなる。それこそが、上に立つ者の資質ではないか。

「龍鵬……。わたし……」

ふいに、頬を伝った涙が、ぽつり、と落ちた。

何か言いたいことがあったはずなのに、どんなふうに口にするつもりだったのか、わからなくなる。

こみ上げてくるのは、胸が痛くなるようなせつなさだけ。

龍鵬への愛《いと》しさだけ……。

美麗は言った。歌うように高らかに。宣言するようにはっきりと。

「わたし、あなたに賭けることにしたわ」

呂青文や伯達が龍鵬に賭けたように、自分も龍鵬と共に生きることにした。

「わたしは、あなたのために何かしたい。あなたは、わたしに何をしてほしい？」

強いまなざしが美麗を捕らえる。

見つめられれば、ああ、もう、動けない。

いったい、いつ、捕まってしまったんだろう。この黒く澄んだ瞳に。出会った時、きれいな目だと思ったあの瞬間には、こうなることが決まってしまっていたのだろうか？

「俺の味方になれ」

命じるように告げられた短い言葉。

即座に、美麗は答える。

「既に、味方よ」

「どんな時でも、俺のそばにいろ」

「どこかに行けと言われても離れないわ」

わずかの間が生まれた。

それから、ゆっくりと龍鵬の唇が動いて言葉を綴る。

「俺を愛せ」

微笑んで、美麗は言った。

「……もう、愛してるわ」

その言葉が終わるか終わらないかのうちに、強い力で抱き締められた。

美麗も、両腕を龍鵬の背に回し、そのたくましい身体にすがりつく。

（これで、いいのね？　お祖父さま……）

美麗は、心の中で、祖父伯達に語りかけた。

（これが、わたしの天の道。これよりは、振り返ることなく、その道を歩んでいくわ）

大きな両の掌が美麗の頬を包んだ。

上を向かされ、黒い瞳を見つめれば、静かに唇が落ちてくる。

しっとりと美麗の唇をふさいだ龍鵬の唇は、一度離れ、再び戻ってきた。そうして、何度も何度も触れては離れてを繰り返し、そのうち、ふれあいは少しずつ深くなっていく。

舌先が触れ合った。

戸惑い、逃れようとすれば、よりいっそう強い力で引き寄せられ、舌の根をからめ取られる。

抗《あらが》うことなどできなかった。

くちづけとは、なんと官能的なものなのだろう。

息をつく間もないほど舌を吸われ、上顎の裏側や頬の裏側を舌先でくすぐられることがこんなにも気持ちがいいなんて思わなかった。

熱い。頭の芯がぼおっとする。足元から崩れるように身体から力が抜け落ちて、このまま、砂のようにさらさらと零れ落ちてしまいそう。

「……ぁ……」

たまらず伸び上がった拍子《ひょうし》に、唇が離れた。淫《みだ》らな吐息が溢れ出る。

「やっと言ったな。馬鹿で鈍感な美麗」

龍鵬が笑った。今まで、美麗の前では見せたことのない、どこか獰猛《どうもう》な笑い。

「身寄りがなく、俺に都合のいい女など、たとえば、華陽の都の中に限っても、いったい、どのくらいいると思う？　その中から俺はおまえを選んだ。それがどういう意味かわからないのか？」

「……龍鵬……」

「妓楼の前で出会ったのは偶然だ。あの時は、ただ、美しい娘だとしか思わなかった。

なのに、おまえは……」

毛嫱《もうしょう》と麗姫《りき》に例えたのは単なる戯言《ざれごと》だよ。意味など通じるはずがないと侮《あなど》って、口にした。

その時、自分がなんと答えたか、今でもはっきりと覚えている。生意気だった自分。あの時は、こんなことになるとは思いもしなかった。

「俺はおまえに興味を持ち、おまえのことを調べた。すぐに、わかったよ。華陽の都では、美人の噂はすぐに広まるからな。だから、あの雑貨屋で再会した時には、俺には、もう、おまえの素性《すじょう》がわかっていたんだ」

「……そう、だったの……」

「俺は、高伯達殿のことは噂で聞いていたから、おまえが、あの高伯達殿の孫娘だと知った時には、なんという運命なのかと驚いたよ。だが、納得もした。高伯達殿の孫娘ならば、あの程度の教養があっても、少しもおかしくはない。おまけに、あの陳《ちん》とかいう男を退けた時の小気味《こきみ》よさといったら。あの時、俺は、おまえに惚れたのかもしれないな」

美麗は思わず目を瞠った。

「……惚れた？　わたしに……？」

「なんだよ。俺がおまえに惚れたらおかしいのか？」

見つめられて、ドキン、と胸が高鳴った。

惚れた。龍鵬が自分に惚れた。

顔が熱くなる。血が上って、頬が真っ赤になっていくのが、見なくてもわかる。

龍鵬は、笑って、美麗の髪を撫でた。指先が、肩から胸へとまっすぐに流れ落ちる黒髪を伝い下り、一房《ひとふさ》だけを掬《すく》い取る。

「俺にあてがわれた女は、男に媚《こ》びるしか能のない女ばかりだった。話していても退屈極《きわ》まりない女には、もう飽《あ》き飽きなんだよ」

「でも、あなたの奥方さまだった方々は、皆さま、よいところのお嬢さまだったのでしょう？　それなりの教育は受けているだろうし、皇帝陛下のお話相手が務まる程度の教養はあるはずではないの？」

「どんな教育だ？　何を聞いても『陛下の仰《おお》せのままに』と答えろと教えられることが教育か？」

「それは……」

「まるで人形だ。しかも、操《あやつ》っているのは俺の敵なんだぞ。俺の味方になってくれる女は誰ひとりとしていなかったし、味方にしたいと思える女もいなかった」

敵。

今、龍鵬は、はっきりと奸臣たちのことを『敵』と口にした。

その事実に、美麗は息を飲む。

自分は龍鵬の懐《ふところ》の中に迎え入れられた。今、以前よりも、ずっと、ずっと、深く、龍鵬の心の中に踏み込んでいると感じられる。

「おまえは、美しいだけでなく、とても賢い。おまえからは、打てば響くように答えが返ってくる」

龍鵬は、掌の黒髪に、そっとくちづけを落とした。そのあと、向けられたのは、子供みたいに、楽しげな笑顔。

「おまえといると、胸がわくわくする。おまえは、最高に生意気で、最高に面白い女だ。おまえといれば、一生、俺は退屈しないだろう。だから、今日も、明日も、何十年後になっても、ずっと、一緒にいたいと思う」

「龍鵬……」

「俺も、愛している。おまえを愛している」

まなざしとまなざしが、ふたりの間で、ふわり、とつながった気がした。

見つめ合うだけで、心の中はあたたかなもので満たされ、自然と笑みがこぼれる。

男と女が愛し合うとは、こういうことなのか。

つないだ手も、触れ合う唇も、少しも特別なことではなくなっていた。

それは、もう、美麗の一部だ。龍鵬がそこにいるのと同じように、美麗にとっては、あって当たり前のもの。

溢れ出す喜びを抑えきれず、微笑みながら、何度も、何度も、くちづけをした。

触れて、離れて、まなざしを交わし、また、触れて、離れて、見つめ合って。

もしも、呂青文が迎えにこなければ、いつまでもそうしていたかもしれない。

呂青文は、両手を胸の前で重ねて、頭を下げながら、密やかな声で告げた。

「陛下。そろそろお時間でございます」

龍鵬が離れる。

自分を包んでくれていたぬくもりが消えた途端、美麗はひどく心細くなった。

そうして、思い知る。

もう、離れられない。離れてなどいられない。自分の天命は、既に、龍鵬のそれと結び付けられてしまった。

「龍鵬……。わたし……」

弱い気持ちは、まなざしにも現れたのかもしれない。一度は離れた龍鵬が、再び戻ってきて、美麗をそっと抱き締めた。

「美麗。おまえも来るか?」

「え? どこへ?」

「いいところへ、だよ」

言うが早いか、龍鵬は、美麗の腕を掴み、立ち上がった。そうして、驚く美麗を引きずるようにして回廊を抜け、その奥の建物へと入っていく。

「え？　え？？　どうするつもり？」

「いいから、黙ってついてこいよ」

龍鵬が向かったのは寝所だった。

（ということは、まさか……）

愛し合う男女が寝所ですることといったら、ほぼ、それに決まっている。

いや、自分は皇帝の寵妃だし、そもそも、今までしていなかったのがおかしなくらいだし、別にだめというわけではないのだが、でも、まだ、心の準備が……。

真っ赤になってうろたえている美麗を、龍鵬が急かす。

「おい。何してんだよ。早くしろ」

「でも……」

「時間がないんだ。手早く済ませるぞ」

済ませる？　済ませるって、やっぱり……？

（ええ……？）

ええええ……？？？

四

「いや～ん。龍さぁ～ん。久しぶりぃ」

妓楼に足を踏み入れた途端、肌も露《あらわ》な衣装を身にまとった女たちが、わらわらと龍鵬《りゅうほう》を取り囲んだ。

「ほんと。最近、すっかり、お見限りなんですものぉ」

「どこか、よそのいい子に目移りしてたんじゃないのぉ？　龍さんの浮気者」

龍鵬は満更《まんざら》でもなさそうな表情で、妓女たちに笑いかけている。

「しょうがねぇだろ。俺だって暇じゃないんだから」

「今日は放さないわよ」

「何言ってんの。今日はあたしが龍さんのお相手をするんだから」

なんとも凄《すさ》まじい取り合いである。

龍鵬は、参ったとばかりに両手を挙げ、苦笑しながら言った。

「はいはい。おまえら、みんな、愛してる。愛してるから、もう、やめろ」

その言葉に、妓女たちが不満げに眉を寄せる。

もちろん、傍らでそれを聞いていた美麗《みれい》の眉間にも深い縦皺が刻まれている。

知ってたけど、こういうふうに、誰にでも気軽に「愛してる」なんて言う男だとわかってはいたけれど、実際、耳にすると、ものすごく腹が立つ。

その同じ唇で、美麗に甘く「愛している」とささやいてから、まだ、ほんのわずかな時間しか経っていないのに。

まさか、美麗に向かって発せられたあの言葉も、今の言葉と同じくらい軽いものだったのだろうか？　美麗が龍鵬を思うのと同じくらいの重さで、龍鵬も美麗を思っていてくれていると感じたのは、ただの勘違いだったのだろうか？

恭《うやうや》しく頭を下げ続けながら、美麗は、視線だけを上げ、ギロリ、と龍鵬をにらむ。

それに気づいて、龍鵬が苦笑しながら肩をすくめた。

「あー……、俺、ちょっと女将《おかみ》に話があるから……」

「えー？　龍さんたら、逃げる気？」

「違う違う。ほんとに用事があるんだって」

龍鵬の目が、ちらり、と美麗に向けられる。

「おまえも来いよ」

美麗は、両手を目の前で重ね、頭を下げた。男性の礼の形だ。今の美麗は、男のように髷を結い、青みがかった薄い灰色の地味な衣を身に着けている。こうして、龍鵬に従っていれば、どこかの小金持ちの家の放蕩息子《ほうとう》と、その従者にしか見えないだろう。

あのあと、龍鵬は、寝殿に美麗を連れ込むと、有無を言わせず、この衣に着替えさせた。そうして、自らも、派手な錦を脱ぎ捨て町人ふうの麻の衣に着替えると、おもむろに言ったのだ。

『これから、華陽《かよう》の都に行く。美麗も着いてこい』

それを聞いて、激しく緊張し、強張《こわば》っていた美麗の身体から、途端に、力ががっくりと抜ける。

（手早く『済ませる』って、要するに、出かける支度のことだったのね……）

それならそれで、紛《まぎ》らわしい言い方をしないでほしかった。あんなにドキドキして損した気分だ。

それ以上の説明は何もなかった。

再び手を引かれ、寝室の床に作られた隠し扉から、地下に降りる。地下道は真っ暗で、龍鵬が手にした灯明灯《とうみょうとう》だけが頼りだったが、龍鵬は、慣れているのか、迷うことなく進んでいく。

かなり長い間、地下道を急ぎ、再び、陽の光を浴びた時には、既に、天星宮《てんせいきゅう》の塀の外だった。

呂青文《りよせいぶん》が隠し通路を通って天星宮に忍び込んだと言っていたが、口ぶりからして、これとは別の通路のようだし、どうやら、天星宮の地下には美麗の知らない秘密が色々とあるらしい。

通りに溢れる人々の波に流されるようにして歩くことしばし。龍鵬が足を止めたのは、美麗が龍鵬と初めて出会った妓楼の前だった。

なるほど。ようやく、男のなりをさせられた理由がわかった。確かに、女連れではいささか入りにくい場所だ。

（でも、どうして、わたしをこんなところに連れてこなくちゃならないのかしら？）

ここでの遊びは容認しろということ？

表情が強張っていくのが自分でもわかる。もちろん、皇帝である龍鵬がどんな遊びをしようが、自分には口を挟むことはできないけれど、でも、せめて、自分の目の届かないところでしてほしい。そう思うのはわがままなのだろうか？

「どうした？　怖い顔して」

聞かれて、美麗は、低い声で「別に」と答える。

「別にって顔じゃなさそうだがな」

「あの子たち、あなたの正体知ってるの？」

「言えるわけないだろ」

「それって、だましてるってことよね。嘘つき。わたしにも、いったい、どれだけ嘘をついているの？」

こんな言い方をすれば龍鵬は怒るのではないかと思ったが、返ってきたのは、くすくすと、いやに楽しげな忍び笑い。

「妬いてる時の美麗って、ほんと、かわいいよな」

「はあ⁉」

「気にするな。おまえが一番だ」

ふいに、抱き寄せられ、額にくちづけを落とされる。

「龍鵬！」

龍鵬は、爽快に声を立てて笑うと、目の前の大きな扉を開いた。

美麗は、額に掌《てのひら》を当て、扉の奥に消えていった背中をにらみつける。

「こんなことでごまかされないんだから！」

唇から飛び出していく憎まれ口とは裏腹に、胸の中はふわふわと甘い。龍鵬の唇に触れられた場所に至っては、掌の下で、熱を持ってじんじんと疼いている気さえする。

「もうっ……。いや……」

自分で自分をどうしていいのかわからなくなって、その場で、従者らしく、おとなしく佇《たたず》んでいると、先ほどの妓女たちが様子を窺うように近寄ってきた。

「龍さんは中？」

声を出すと女だと知られてしまうので、無言のままうなずけば、妓女のひとりが、美麗の顔をのぞき込む。

「あれ……。あんた……、男の子かと思ってたけど、もしかして、女……？」

「え……、あ……、う……」

「あんた、龍さんの何よ？」

妃はもちろん、「妻です」とも、とても言えない雰囲気だ。

「なんで、男の格好なんかしてんの？」

「よく見たら美人なのに、もったいない。もしかして、そういう趣味？」

ぶるぶると首を横に振ると、妓女たちが顔を見合わせる。

「ふうん……」

「そういうことなら……」

妓女たちは両側から美麗の腕を掴んだ。

「ちょっと！　何するの？　離して!!」

美麗は抵抗したが、いかんせん、多勢に無勢。強引にどこかへ連れていかれてしまう。

「ええっ!?　えぇぇぇぇぇっっっ!?」

なんだか、ちょっと前にもこれと同じようなことがあったような……。

呆然とする美麗を妓女たちは奥まった一室に押し込む。そこは、どうやら衣裳部屋のようだった。広い部屋は、色とりどりの絹と、化粧道具、それに、くつろぐ妓女たちで溢れている。

妓女のひとりが、美麗の帯を解き、衣を剥ぎ取った。別の妓女が、髻をほぐし、長い黒髪を梳《くしけず》る。

「何よ？　わたしを、いったい、どうするつもり？」

更に、別の妓女が、化粧道具を手に近づいてきた。

「どうもしないわよ。ただ、きれいにしてあげるだけ」

「はあ⁉」

「あんたは黙っていい子にしていればいいのよ。わたしたちで、あんたを最高の美女に仕立ててあげるわ」

いったい、どういうことなのだろう？　わけがわからず、目を白黒させていると、部屋の中に女が入ってきた。年配の女だ。派手に着飾っているわけではないが、妙な貫禄がある。

「こらこら。あんたたち。いったい、なんの騒ぎだい？」

咎《とが》められて、妓女のひとりが悪びれることなく答えた。

「別に、何もー。この子をきれいにしてあげてるだけですよ。女将さん」

美麗はそろそろと年配の女性を見る。では、この人が女将さんか。龍鵬との話は済んだのだろうか。

女将さんは、美麗の姿を見ると、くす、とおかしそうに笑う。

「龍さんが連れてこいとおっしゃるんで迎えに来たんだが、おやおや、すっかり玩具《おもちゃ》になっておいでだねぇ」

「あの……、わたし……」

「龍さんがおいでの時は、殿方はみんな龍さんのところにお集まりで、この子たちも暇なのさ。悪いけど、あきらめて、暇つぶしの相手をしてやってくださいな」

そう言って、口元に手の甲を当て、ころころと笑う姿は、年齢に似合わず、やけに色っぽい。

「大丈夫。龍さんには、支度が終わるまでお待ちくださいと妾《あたし》から言っておきますよ」

気圧《けお》され、何も言えずにいる美麗に流し目をくれると、女将は笑いながら去っていった。

女将からのお許しが出たとばかりに、妓女たちは全員で美麗を飾り立てる。

髪を結われ、簪《かんざし》を挿されて、化粧をされた。紅は真紅。耳には大きな耳飾り。胸元も露な衣装を着せられ、薄物を羽織らせられて、鏡を見せられれば、中にはびっくりするくらい華やかな妓女が映っている。

「あんたここで働く気はない？」

妓女のひとりが美麗の簪を直しながら言った。

「あんたなら、きっと、売れっ子になれるよ。いいお客さんがたっっっくさんつくこと間違いなし」

「わ、わたしは……」

「あーあ。あたしがあんたくらい別嬪《べっぴん》だったら、もっと稼《かせ》げるのになぁ。そしたら、弟や妹にも、もっと、仕送りしてやれるのに」

ため息交じりの言葉に、美麗は、ドキリ、とした。

「……あの……、ご両親は……？」

「父ちゃんは流行《はや》り病《やまい》で死んだよ。母ちゃんはぁ、税が払えなくなってぇ、お役人に連れてかれてぇ、牢屋《ろうや》に入れられてぇ、それっきり帰ってこなかった。仕方がないから、あたしがこうやって働いて、弟と妹に金を送ってるんだ。まあ、よくある話だけどね。ここんとこ、年々税が重くなって、ほんと、きついったらないよ」

「……そう……」

「それでも、華陽の都はまだまし。田舎のほうじゃ、税が重過ぎて、農家は食べるものもないらしいもの。食うためには娘でも売るしかないよね。ここにも、親に売られてきた子が何人もいるよ」

あっけらかんと答える妓女の明るさが、逆に、美麗の心を苛《さいな》む。

美麗も両親を早くに亡くしたが、それでも、美麗には伯達《はくたつ》がいた。暮らし向きは豊かとは言い難かったが、それでも、美麗は伯達から教育を受けることができたし、伯達は、美麗を愛し、大切に大切に育んでくれた。

だが、一方で、貧しさのあまり、身を売るしかない娘たちもたくさんいる。

これも、正しい政《まつりごと》が行われていないせいだ。権力を盾にし、専横を続けている奸臣《かんしん》たちがいる限り、世の中は、悪くなってても良くなることは決してないだろう。

でも、龍鵬なら、きっと、正してくれる。その風で、皆を正しい方向へと導いてくれる。

龍鵬の見ている夢と、美麗の見ている夢は同じ。

美麗を吹く風も、また、龍鵬と同じところへ流れていく。

「わたし、行かなくちゃ……」

立ち上がると、先ほどの妓女が無邪気な顔をして笑った。

「龍さんのところへ？　いいわ。あたしが連れてってあげる」

よく見ると、まだ、あどけない顔をしている。もしかしたら、美麗より年下なのかもしれない。

妓女なんて、下品でいかがわしいと、ずっと、思っていたけれど、それは間違いだった。

こうして話してみれば、彼女も、ただの女の子だ。

笑顔を返すと、妓女もにっこりと笑って龍鵬がいるという部屋へ案内してくれた。

「龍さん。お連れさんだよ」

声と共に、部屋の中に押し込まれる。

広い部屋だった。年齢も風体も様々な男が二十人ばかり、龍鵬を中心にして集まっている。

途端に、その視線がいっせいに美麗に集まった。いたたまれない気持ちで立ち尽くしていると、龍鵬が腕を伸ばし美麗の身体を抱き寄せる。

「みんな。気にしないでくれ。こいつは俺の女だ」

ざわ、と男たちの間に動揺が広がった。

「どうだ？　ものすごい美女だろう？」

龍鵬の隣にいた苦学生ふうの男が、ぷっ、と噴き出す。よく見れば、それは変装した呂青文だった。呂青文は、口元に手を当て、横を向いて笑いを噛み殺している。

(失礼ね)

憤慨《ふんがい》しながらも、龍鵬の横に腰を下ろすと、目の前には地図が広げられていた。一目で嬉《き》の地図だとわかった。嬉といえば、龍鵬の母である皇太后と妹の公主が囚われている場所だ。

はっとして龍鵬の横顔を見たが、龍鵬は涼しい顔をして地図を見つめていた。

男たちのうちのひとりが、別の紙を取り出し、指でその一点を指す。

「陛下。ご覧ください。ここが正門です。門は、正門のほかに、ここと、ここ」

地図に描かれていたのは建物の見取り図だった。おそらく、その建物の中に皇太后と公主は軟禁されているのだ。

「さすがに、正門の守りは厳しいようです。狙うなら、正門以外の場所がよいでしょう」

別の男が歩み出る。

「西の門を守っている男の中に金に困っているものがいます。買収に応じるかもしれません」

更に、別の男が奏上《そうじょう》した。

「裏門を守っている兵士は女好きです。その男が不寝番《ふしんばん》の時に女を使えば、少しの間なら門から引き離すことができそうです」

龍鵬は、ただ、黙って男たちの言葉を聞いている。

美麗にも、すぐにわかった。

これは、皇太后と公主を奸臣の手から奪還《だっかん》するための作戦会議なのだ。

改めて男たちの顔を見回せば、見たことのある顔がいくつかあった。

天星宮の中で、兵士たちを指揮している隊長。時折、すれ違う文官。天星宮の警備をしている衛兵。

龍鵬と同年代と思われる若い男が多かったが、中には、龍鵬の父親くらいの年代の者や、それよりも年上の者もいる。

誰もが一様に真剣な顔つきをしていた。誰ひとり、いいかげんな気持ちでこの会議に臨《のぞ》んでいる者はいない。

「最も重要なのは迅速であることだ」

龍鵬が口を開いた途端、部屋の中の空気が一気に張り詰めたような気がした。男たちが緊張を高めたのだ。表情はいっそう引き締まり、龍鵬の言うことを一字一句聞き逃すまいとするように、龍鵬をじっと見つめている。

彼らにとって、龍鵬は、ろくでなしの傀儡《くぐつ》ではない。真の皇帝なのだ。彼らは、龍鵬のことを君主として、敬《うやま》い、信頼している。それがありありと伝わってくる。

「母上と妹を助け出す際もだが、助け出したあとこそ敵に遅れを取ってはならない。人質を奪還されたことを知れば、敵は急いで都へ伝令を送り異変を報《しら》せるだろう。もしも、我々が奪還成功の報を得るより早く、羅玄成《らげんせい》がそれを手に入れれば、人質を失った羅玄成がどんな卑劣な手段に出てくるかわからないからな」

「鳩《はと》を使ってはどうですか?」

隅にいた若い男が手を上げた。

「鳩は何千里離れていても巣に帰るといいます。鳩を何羽か連れていき、作戦成功の暁《あかつき》には、鳩の足に文を結びつけて放せば、きっと、天星宮の巣に戻りましょう」

別の男たちが質問を重ねる。

「失敗するということはないのか?」

「たとえば、弓で撃ち落とされ、その文を誰かに奪われるような危険は?」

「暗号を使うか、あるいは、予め《あらかじ》合言葉を決めておくという方法もある」

「いずれにしても、人を使っての伝令は必要だ」

美麗は必死になって男たちの議論に耳を傾けた。

風を感じた。

龍鵬の起こす風だ。

つむじ風のようなそれが、心の中に溜まった滓《おり》を吹き飛ばしていくような気がした。

◇　◇　◇

会議が終わると、男たちは、それぞれ自身が果たすべき役割を抱えて、部屋から出ていった。

呂青文も天星宮に帰った。

残されたのは、龍鵬と、妓女のなりをした美麗だけ。

ほんの少し前までは白熱した議論が交わされていた部屋の中も、今は、しん、と静まり返っている。

龍鵬は窓にかけられた薄布越しに外をじっと見つめていた。美麗はその後ろ姿にそっと声をかける。

「何か飲む？」

部屋には、飲み物と、そのための器が予め用意されていた。たぶん、妓女たちが客をもてなすためのものだろう。

「酒をくれ」

美麗は、うなずいて、用意をし、龍鵬の前に酒盃を置いた。すぐに、龍鵬が酒盃を手に取る。その中に、薄く濁った酒をそっと注ぐと、龍鵬は、喉が渇いていたのか、それを一気に飲み干した。

あるいは、いつも、こんなふうにして妓女にもてなされているのだろうか？

胸の奥がざらついた。美麗は、なんとかそれを飲み込み、再び酒盃を酒で満たしながら、密《ひそ》やかに言う。

「あれがあなたの真の側近たちなのね」

本来の側近である三公は奸臣ばかり。自身の欲を満たすことばかりで頭がいっぱいの彼らには、皇帝を支えようなどという殊勝な気持ちは欠片《かけら》もない。

代わりに、龍鵬は、奸臣たちの目に届かない場所で、真に、龍鵬の臣となり得る者たちを集め、策を練っている。お飾りではない、臣からの信望厚い皇帝として、皆の中心に座っている。

「昼日中から妓楼で遊び呆《ほう》けているようなろくでなしどもが、まさか、こっそり集まってあんなことを話し合っているとは誰も思わないでしょう。確かに、ここは最高の隠れ蓑《みの》だわ」

龍鵬の口元に、うっすらと笑みが浮かんだ。

「やっぱり、美麗はいい。いちいち余分な説明をする必要がない。おまえのそういうところが、俺はたまらなく好きだな」

戯言《ざれごと》でごまかす気なのかとも思ったが、美麗に注がれたまなざしには意外なほどの熱がこもっていた。

胸の奥で何かが、とろり、溶け始める。くすぐったいような、うずうずするような、初めての感覚。しかし、今は、それが心地よい。

「彼らの大半は、その昔、叔父敬忠《けいちゅう》を皇帝にと推《お》し、結果、羅玄成の謀《はかりごと》によって粛清《しゅくせい》された者たちの、子や孫、親族に当たる。ちなみに、女将もそうだ。女将は以前とある高官の愛人だった。生まれた息子は優秀だったので、高官の家に引き取られたんだが、その高官が敬忠派だったため、ありもしない罪を着せられ、高官共々死罪となったらしい」

美麗の脳裏に女将の艶《つや》っぽい流し目がよみがえる。

そうか。あの人の中にも、そんな悲しみがあるのか。

「現在でも、天星宮には、羅玄成らの専横に泣かされた者や、そうでなくても正義を志《こころざ》す者が数多くいる。やがて、そういった者たちも仲間に加わり、今に至っている。今のところ、青文と俺とで仲間にできそうだと判断し、こちらから声をかけた者ばかりだが、潜在的には、俺たちに味方する者はもっとたくさんいるはずだ」

美麗は卓の上に置かれていた龍鵬の手をぎゅっと握り締める。

「不正を働いた者が裕福になり、真面目で善良な人々が虐《しいた》げられるなんて間違ってる。そこからは絶望しか生まれない。絶望は容赦なく人の心を食《く》いつぶすのよ」

でも、龍鵬なら、きっと、そんな世の中を変えてくれる。いや、もう、既に、変えようと動き出している。

すぐに、逆に手を取られ、指先にくちづけられる。

「おまえを見ていると、つくづく、高伯達殿はすばらしい教育者なのだと思わずにはいられない」

そう言われて、美麗の胸には恥ずかしさと共に誇らしい気持ちがこみ上げてきた。

「高伯達殿は博識で人望もある。俺の仲間には若い者が多い。できれば、高伯達殿のような人格者に、彼らの相談役になっていただきたかったが……」

龍鵬の言いたいことはわかる。祖父の伯達は、もう長くないだろう。たとえ持ち直しても、天星宮に出仕できるほどの回復は望めまい。

思わずうつむくと、そっと肩を抱き寄せられる。

「だが、高伯達殿は代わりにおまえをくれた」

耳をくすぐる甘いささやき。

「高伯達殿がおまえのお父上の罪に連座《れんざ》させられなかったのは、単に幸運だったからだ。その当時、高伯達殿は、職務のため、華陽の都をしばらく離れておいでだったから、俺の暗殺計画に加担していると羅玄成も言えなかったようだ」

「そうだったの……」

「高伯達殿には感謝せねばならないな。よくぞ、今までおまえを守ってくれた」

「そうね……。わたし、父と一緒に死んでいてもおかしくはなかったのに……」

「そう考えると、人と人との出会いはなんと不思議なものだろうと思わずにはいられない」

美麗は、両手で、そっと龍鵬の頬に触れ、微笑む。

「わたし、こうして、あなたと出会うために生まれてきたのね」

「違うぞ。美麗」

龍鵬が笑った。

「俺と出会うためじゃない。俺と一生添《そ》い遂《と》げるために生まれてきたんだ」

唇が触れ合う。

やわらかな感触が美麗の唇をくすぐるように何度が吸い上げ、そっと離れていく。

膝裏に手を入れられた。もう一方の手は背中に回され、そのまま、そっと抱き上げられる。どこへ連れていかれるのかと思っていたら、龍鵬が向かったのは部屋の奥だった。幾重にも重ねられた絹を全部まとめて片手で引き開ければ、真っ白い部屋が現れる。

壁も床も天井も白い。寝台の天蓋《てんがい》を覆う薄絹も純白だ。

龍鵬は、やはり、真っ白な絹の上に美麗の身体をそっと下ろし、上から覆いかぶさるようにして美麗を見下ろす。

「しかし、見事に化《ば》けたものだな」

「呂青文さまは笑っておいでだったわ」

「放っておけ。美麗があまりにもきれいだから笑うしかなかったのさ。俺の美麗はどんななりをしていても美しいからな。……だが、一番美しい姿は俺だけのものだ」

羽織っていた薄物が、肩から滑るように落とされた。肩が露になる。ただでさえ胸元も露な衣装だ。それだけで裸にされたような心地がして心許ない。

震える美麗とは裏腹に、龍鵬は美麗の身体を覆っていたものを一つ一つ取り去っていく。

澱《よど》みのない指先が、なんだか、無性《むしょう》に腹立たしかった。

自分はこんなにドキドキして、頭の中身が沸騰した揚げ句蒸発しそうになっているというのに、龍鵬は変に冷静で、そんなの不公平じゃないかと思う。

思わず、恨み言が口をついて出た。

「慣れてるのね……。女の扱いがお上手だこと」

龍鵬が眉を顰める。

「あのなぁ、俺がここの妓楼に入り浸っているのは、仲間と連絡を取るためだ。女の子たちと乱痴気騒《らんちき》ぎをするためじゃない。それを知ってもらうために、今日、おまえをここに連れてきたんじゃないか」

「でも、そのあとまっすぐ帰ったとは限らないわ」

「ぐ」

「ほら。やっぱり遊んでたのね。女の子たちに大人気の龍さん」

龍鵬には妃がいた。それも、何人も。龍鵬は彼女たちのことが気に入らなかったようだが、だからといって、何もしなかったということはあるまい。

龍鵬が女の扱いに慣れているのは当然のことだ。だから、こんなことで戸惑うのは間違っている。わかっているのに、ちくちくと棘《とげ》が刺さったように胸が痛くなる。

だが、龍鵬は、眉を寄せ、難しい顔をして言った。

「馬鹿を言え。これはいわば戦争なんだぞ」

「……戦争？」

「そうだ。たとえば、羅玄成の娘に俺が指一本触れなかったらどうなると思う？」

美麗はちょっと考えた。

羅玄成の娘の目的は一つ。次の皇帝となる男の子を産むことだ。

「えっと……、あの手この手を使って龍鵬を誘惑する？」

龍鵬は大きくうなずく。

「そう。相手は『女』という武器を使って挑んでくるんだぞ。こっちは丸腰だ。そのままでは勝ち目など到底ない。うっかり孕《はら》まれでもしたら、生命さえ危《あや》うくなるわけだし、策の一つも弄《ろう》したくなって当然だろう」

「……それは、まあ……」

「女の扱いは女に習うに限る。特に、ここの女たちは専門家だからな。実際にはやってないのにやったと思い込ませる方法なんて、普通、なかなか思いつかないだろ」

確かに。そんなことを聞かれても、美麗には何一つ答えられない。

口ごもる美麗に、龍鵬が、にやり、と笑いかける。

「ちなみに、俺は指一本あれば女をいかせられるぞ」

「……え？」

「試してみるか？」

龍鵬の大きな掌が鮮やかな絹の衣装にかかった。抵抗する暇もなく、たくし上げられ、露になった大腿の隙間に龍鵬の指先が忍び込む。

「いやっ……。やめて……。やめて……」

びっくりした。男と女がどういうことをするか知識はあっても、実際に触れられると身体がすくむ。

「じっとしていろ」

「……でも……」

「俺がおまえを傷つけるようなことをすると思うか？」

龍鵬はずるい。そんな言い方をされたら、それ以上何も言えなくなる。

強張る下肢の間を触れるか触れないかの淡い感触が撫でていった。くすぐったさに似ているけれど、でも、それとは少し違うざわざわした感覚が、ほのかにほのかに立ち上る。

「や……」

びくん、と美麗は大きく身体を震わせた。

怖くて逃げ出したいのか、それとも、この先を望んで期待しているのか。

自分でも自分がどうしたいのかわからなくて、ただ、身を強張らせていることしかできない。

すくみ上がる美麗をなだめるように、龍鵬の指先が美麗の形をそっとなぞる。ちょうど指一本分。炎で線を刻まれでもしたかのように、そこだけが熱い。

「……あ……、わたし……」

美麗は両手で龍鵬の胸に取りすがった。

「どうした？」

龍鵬がうっすらと笑う。そのまなざしも、ささやく声も、甘い。

その甘さが骨の髄にまで染み込んでいく。自分までもが甘い甘い何かになっていく気がした。頭の中は、甘くなり過ぎて、もう、とろけそうだ。

「……ぁ……」

龍鵬の問いに答えたいと思ったが、薄く開いた唇からこぼれたのはあえかな吐息だけだった。

龍鵬は、満足そうに笑って、美麗に触れた指先に少しだけ力をこめる。それまで、頑《かたく》なに龍鵬の指を拒んでいるかのように閉じていた場所が、ぬるり、と濡れた感触を伴って、龍鵬の爪の先を迎え入れた。

どうして自分の身体がそんなことになっているのかなんて考えたくもない。初めての感触に、美麗はただ戦《おのの》いている。

龍鵬の爪の先が美麗の身体の内側をやさしく撫でた。決して乱暴にならぬよう、そっと、そっと、表面をなぞるようにして龍鵬の指が上下するたびに、どこかから変な熱が湧いて

きて身体の奥に溜まっていく。

「……あっ……」

びくん、と身体が勝手に震え、力の抜けた膝が、次第に、しどけなく開いた。

龍鵬の指先は、美麗の身体の更に奥まった部分を暴いて、ゆるゆると熱を生み出し続けている。

「いや……。いや……。もう、やめて……」

か細い声で訴えれば、熱いささやきが耳に触れた。

「どうして？　気持ちいいだろ？」

「……熱い……。苦しい……」

美麗は、ぎゅっと唇を噛み締め、額を龍鵬の胸に押し付ける。

龍鵬の指はいっそう大胆に美麗の中で蠢《うごめ》き始めていた。一際感覚の強い場所を、押しつぶすように撫でられ、擦り上げられて、上昇する熱に、吐息さえ奪われる。

わけがわからないまま、身体だけが高みに押し上げられていた。

身体の芯から、漣《さざなみ》が広がっていく。皮膚《ひふ》を、大腿を、そして、龍鵬の指一本が触れているやわらかな場所を、細かく震わせ、溶かす痺れ。

何かが来ると感じた。

感覚のすべてを飲み込むような、圧倒的な何か。

「いや……」

美麗は龍鵬の胸元をつかんでいた指に力を込めた。

「いや……。いやっ……！」

そのまま、龍鵬の胸を力任せに押しのける。

まさか、拒《こば》まれるとは思っていなかったのだろう。美麗よりもよほど強いはずの龍鵬の身体はあっけなく美麗から離れた。

美麗は、自分をかばうように両手で自分を抱き締め、顔を背ける。

「いや……。こんなの、いや……」

少し乱暴に、顎を掴まれ、視線を戻された。

間近から美麗を見下ろしている龍鵬の黒い瞳には、戸惑いと共に、強い憤《いきどお》りがある。

「何がいやなんだ？　俺のものになることか？」

「……違う……。そうじゃない……」

「じゃあ、なんだ？」

「……これって、わたしにも、あなたの指一本で満足しろということ？　わたし、ほかの女たちと一緒にされるのは、いやよ……」

龍鵬の指は確かに巧《たく》みだ。妓女から教わったというその技術で、後宮の女たちをさぞかし手玉にしてきたことだろう。

自分もその内のひとりになるのだろうか？　考えたら、途端に、不安がこみ上げてきて……。

ふいに、龍鵬が小さく噴き出した。その瞳に、先ほど見せた怖いような光はもうない。

「おまえ、ほんと、時々とてつもなく馬鹿になるよな」

「だって……」

「おまえに指一本で満足しろなんて言うつもりはない。第一、それじゃ、俺が満足できないじゃないか」

龍鵬が笑いながら美麗の手を取った。導かれ、触れたのは、びっくりするほど熱いもの。衣の上からでも、それが人間の体温とはとても思えない熱をまとい滾《たぎ》っているのがありありとわかる。

「おまえ、俺に、これ、どうしろっていうんだよ？」

「……わたし……」

「まさか、我慢しろ、なんて言わないよな？」

なんて答えていいかわからず、ただ、真っ赤になっている美麗の手を放すと、龍鵬は、美麗の額に、そっと、くちづけを落とした。

龍鵬の手が、乱れるだけ乱れて美麗の身体にまとわりついているばかりになっていた絹を、ゆっくりと、剥《は》ぎ取っていく。やがて、現れた裸身を見下ろして、龍鵬は密《ひそ》やかに笑った。

「きれいだ……。俺の美麗……」

見つめられている。何も隠さない素肌を、つぶさに確かめられている。

とてつもない羞恥と共に、湧き上がってくるのは甘い陶酔《とうすい》。

「……ぁ……」

突き動かされ、吐息を漏らせば、唇をくちづけで封じられる。

「……ん……」

舌が絡んだ。こんなところでさえすべてを確かめずにはいられないというように、龍鵬の舌は美麗の口の中を縦横無尽《じゅうおうむじん》に動き回る。

応えることもできなかった。されるがままになっているのが精いっぱいだ。

たっぷりと美麗を翻弄《ほんろう》した唇が離れる。

熱に潤んだ瞳で見上げると、また、唇が重なった。今度は、美麗の舌が龍鵬の中へと引き込まれる。あやすように、あしらうように、舌先で舌先をなぞられ、たまらず反らせた胸を龍鵬の掌が包む。

びくん、と身体が大きく震えるのが自分でもわかった。

そのまま、指先で、胸の頂《いただき》を摘《つま》まれ、転がすように撫でられて、熱い痺れが背中を這《は》い登る。

苦しい。息ができない。もがくと、唇が離された。ようやくほっとしたのも束の間、今度は胸元にくちづけを落とされて、再び、息が上がる。

「……や……」

美麗は、両手で龍鵬の肩を掴み、ずり上がろうとしたけれど、すぐに、強い力で引き戻された。赤子《あかご》のように胸の頂を吸い上げられ、軽く歯を立てられれば、すぐに、頭がくらくらして、何もできなくなる。

ぐったりと寝台の上に身を預けていると、再び、足の間に指先が触れてきた。

先刻、散々弄《いじ》られた場所だ。高みに押し上げられるだけ押し上げられて放っておかれた身体は、それで、簡単に熱を帯びた。

ぬるり、とぞくぞくするような感覚を伴って指が中に入ってくる。くすぐるようにやさしく撫でられ擦《こす》り上げられるたびに、身体の芯をぎゅうっと絞られるような戦慄《せんりつ》が駆け抜け、触れられてもいない胸の頂までもがじんじんと疼きはじめる。

「は……、ぁ……」

唇から溢れ出すのは、せわしない吐息だけ。

快楽が、これほどに、熱くて、苦しくて、もどかしいものだったなんて。身体の中いっぱいに溜まった熱が、出口を探すようにぐるぐると渦巻いて、頭がおかしくなりそうだ。

「だめ……。もう、だめ……」

美麗は、胸を大きく喘がせ、か細く悲鳴を上げる。

「壊れちゃう……。破裂しちゃう……」

くすり、と龍鵬が笑った気がした。

あとのことはよくわからない。

身体の深いところからじわじわと震えが忍び寄ってきた。その震えは、みるみるうちに膨れ上がって、大きくなる。

溺れる、と思った。

息ができない。捕まる。さらわれる。取り込まれる。感覚を根こそぎ剥ぎ取られ、頭の中も、身体の中も、空っぽにされて、どこかに放り出される。

「……っ……」

気づいた時には、全身がのたうつように大きく痙攣《けいれん》していた。がくがくと力なく膝が震え、龍鵬に触れられていたところは、そこだけが別の生き物になったみたいに勝手に蠢いている。

熱い。耳で聞こえるくらい鼓動が大きく鳴り響く。呼吸はしどけなく乱れ……。

ぐったりと寝台の上に身体を預けている美麗を見下ろしながら、龍鵬が言った。

「どうだ？　男にいかされるのは初めてだろう？　感想は？」

「……そんなこと聞かないでよ。龍鵬の馬鹿」

「言えよ。気持ちよかったって」

「知らないっ」

美麗は、上気した頬を更に紅く染め、そっぽを向く。

いやに楽しげな龍鵬の笑い声が耳に響いた。腹立たしい。なのに、その腹立たしささえもが、甘ったるく胸を満たす。

自分は変わってしまった。龍鵬に変えられた。

でも、そんな自分が少しもいやじゃないんだから、しょうがないじゃないか。

ゆっくりと視線を戻し、龍鵬を見上げる。龍鵬も美麗を見ていた。視線をぴたりと合わせながら、龍鵬が自《みずか》ら帯を解く。

現れたのは、見事に均整の取れたたくましい肉体。

美麗は、心引かれるまま、指先で龍鵬に触れてみる。

「すごい……。男の人の身体って、硬いのね……」

滑らかな皮膚の下には、みっしりと充実した筋肉の手触り。やわらかな女の身体とはまるで違う。

戯《たわむ》れのように、胸から鳩尾《みぞおち》を辿り、割れた腹を撫でていると、ふいに手を取られ、更に下へと導かれた。

衣越しにも熱いと感じた龍鵬の男の器官は、直《じか》に触れてみると、更に熱かった。それに、びっくりするくらい、大きくて硬い。

こんなものが、自分の中に入ってくるのか。

戦き、引っ込めようとした手を上から押さえられる。

「これが俺だ」

「……龍鵬……」

「おまえにやる。しっかり受け取れよ」

がくがくとうなずくと、強い力で抱き寄せられた。

龍鵬に抱き寄せられたことは何度もある。その胸の広さも体温も全部知っているつもりだったのに、素肌と素肌が触れ合った途端、初めて知る感覚に身の内が震えた。

何も隔《へだ》てるもののない肌から、直接、伝わってくる龍鵬のぬくもり。それが、美麗の皮膚を通して美麗の中にも忍び入り、溶けていく。

もう、どこまでが自分で、どこからが龍鵬かなんてわからない。ふたりで一つの何かになってしまったみたいだ。愛し合うとはこういうことなのか。全身をとろけるような歓喜が包み込む。

膝を割られた。

両腕を龍鵬の腕に回せば、それが合図だったように腰を入れられる。

熱い。龍鵬の熱に身体の中を焼かれている心地だ。硬く滾ったものは鋭い刃のよう。誰にも触れられたことのない場所を、文字どおり、切り裂き、拓《ひら》いていく。

痛い。痛い。痛い。

当たり前だ。あんなに、大きくて硬いものを入れられるのだから。

「……う……」

たまらず低く呻くと、大腿を抱え上げられ、更に、足を大きく開かれる。

羞恥心に、美麗は、頬を染め、唇を噛み締めたが、痛みは薄らいだ。

あるいは、龍鵬は心やさしい妓女たちに処女の抱き方も教わったのだろうか？

考えても詮《せん》のない疑問が一瞬脳裏をよぎったが、すぐに、そんなことを考えている余裕はなくなった。

入る。入ってくる。

おそらく、時間をかければかけるだけ痛みを長引かせるだけだと判断したのだろう。

灼熱の固まりが、ず、ず、という音さえ聞こえてきそうな勢いで頑《かたく》なに閉じた隘路《あいろ》を容赦なく押し開き、深みに分け入る。

悲鳴一つ上げることはできなかった。

感じたのは、熱さでも、痛みでもない。身体がばらばらになってしまいそうなほどの衝撃。

そうして、一気に自身を美麗の中に沈めると、龍鵬は深い深い息をつく。

龍鵬の吐息も乱れていた。表情は、少し、苦しげだ。

それでも、問う声は、気遣いに満ちて、やさしい。

「痛いか?」

「大丈夫よ……。平気……」

そう答えたのは、強がりのせいじゃなかった。

もちろん、痛みはある。龍鵬の大きなものに貫かれた場所からは、ずきん、ずきん、と鈍い痛みが間断なく伝わってきた。いっぱいに開かれた下肢は軋み悲鳴を上げている。

だけど、この身体で龍鵬を満足させたかった。龍鵬が欲しがっているものを欲しがるだけ与えてあげたい。

「続けて……」

背中に回した掌で、龍鵬をそっと抱き締めると、身体の中で、龍鵬が、ごそり、と蠢くのがわかった。

どくん。

つながった場所を通して、龍鵬の鼓動が身体の中に響いてくる。

どくん。どくん。

血の流れる音。龍鵬が生きている証。

その生命が、今、たまらなくいとおしい。

「動くぞ」

獣《けもの》が吼《ほ》えるようにそう言って、龍鵬は深みから自身をわずかに引き抜いた。ずる、と粘膜を擦られる感触に喉が鳴る。

「んっ……」

痛みに混じって、かすかにかすかに立ち上ったのは、甘い甘い疼き。

少し前、龍鵬の指先と舌によって覚え込まされた快楽が、わずかずつながら、目覚めているのだとわかった。

あんなにも性急に美麗の身体に快楽を刻み込んだのは、このためだったのだろうか。破瓜《はか》の苦しみが少しでもやわらぐようにと気遣ってくれた？

微笑みが美麗の中から自然に溢れてきた。

見咎めた龍鵬が甘い声でささやく。

「何笑ってるんだ？」

「しあわせなの」

「美麗……」

「こんなにしあわせな気持ちは、生まれて初めて」

こつん、と額が合わせられた。

龍鵬の黒い瞳にも微笑みが浮かんでいる。

「俺もだ」

「龍鵬……」

「俺もしあわせだよ」

揺さぶられ、どこからか、また、あの痺れるような陶酔が忍び寄ってきた。

「あ……は……」

指先で強引に引きずり出された時よりは、ずっと、ずっと、淡くて曖昧《あいまい》だけど、でも、心は、もっと、もっと、甘く溶かされていくみたい。

「あ……、気持ちいい……」

熱が上がり、吐息が乱れる。龍鵬の吐息も乱れていた。

合わさった胸の間で二つの鼓動が、重なり、溶け合い、そして……。

「そろそろいくぞ」

唸るような声が耳元で聞こえた。美麗はがくがくとうなずく。

身体の中の龍鵬が一際大きくなったような気がした。きつく抱き締められ、龍鵬の熱を受け止める。

そのまま、しばらく、ふたりして抱き合っていた。

胸の鼓動は激しく波立っているけれど、心はひどく穏やかだ。こうしているだけで満たされる。このぬくもりさえあれば、今は、ほかに何もいらない。

美麗は、黒く澄んだ瞳をじっと見つめて、ささやくように告げる。

「ありがとう」

ほかにはどんな言葉も浮かばなかった。それだけが、美麗の心の中から自然と溢れ出た。

龍鵬は、美麗の頬を両手で包み、楽しげに笑いかける。

「俺のほうこそ、おまえに感謝してる。俺と出会ってくれて、ありがとう。生まれてきてくれて、ありがとう」

「じゃあ、わたしも。わたしを見つけてくれて、ありがとう」

くすくすと笑い合って、見つめ合って、くちづけを交わして。

気がつけば、あたりは暗くなっていた。

いったい、どのくらいの時間、龍鵬とこうしていたのだろう。それだけ夢中になっていたのかと思うと、かなり気恥ずかしい。

「大変。今、何時ごろかしら……」

身を起こそうとすると、背後から腕が伸びてきた。抵抗する暇もなく、強引に引き戻され、抱き寄せられる。

「帰らなくていいの？」

「もう少し、美麗とこうしていたいんだ。美麗はいやなのか？」

こういうところ、ほんとうに、龍鵬はずるいと思う。こんなふうに甘い声でささやかれ、くすぐったいような体温に包まれたら、いやだなんて言えるはずがない。

元より、美麗だって同じ思いだ。

天星宮では、どうしたってしきたりに縛られる。人の目も多い。何より周囲は敵ばかり。だからって、何もかも忘れて逃げ出すなんてできない。わかっているからこそ、せめて、今だけは、心地よい繭のようなぬくもりの中で、ふたり、ただ、抱き合っていたい。

再び広い胸の中に身を委ねると、両手でぎゅっと抱き締められた。片方の手で腰を抱かれ、もう一方の手で背筋をたどるように撫でられる。ぴったりと密着した胸と腹との間で互いの熱がわだかまり、大腿が絡み合う。

「心配しなくても、青文がなんとかしてるさ」

うそぶくように言って、龍鵬が笑った。

「なんたって、青文は口先で人を丸め込むのが得意だからな。適当なことを言って、俺たちがいないのをごまかしてるだろうよ」

確かに、呂青文は有能だ。万事《ばんじ》そつなくこなすし、任せておいて不安はないが……。

「呂青文さまのこと、信頼しているのね」

「ああ?」

「龍鵬にとって、やっぱり、一番は呂青文さまなのかしら。なんだか、妬けちゃうわ」

ため息をつきながら、美麗は人差し指で龍鵬の鼻の頭をつついてやろうとする。

「今度は青文にまで嫉妬か？　美麗が一番だって言っただろ」

龍鵬は、それを巧みに避けて、美麗の指先を、ぱくん、とくわえた。

そのまま、いやらしい舌使いで舐め回され、吸い上げられて、なんだか、身体の奥がじっとりと重くなる。たかが指先一つで自分がそんなことになるとは思わなかった。早くもざわつき始めた背中の熱を逃がすように美麗が小さく身じろぎすると、龍鵬が舌先で美麗の爪をなぞりながら笑う。

「まあな。そうは言っても、青文は、俺にとっては一番最初の同志だし、なんせ、十二の時からずっとそばにいる。お互い、気心が知れてるのは確かだ」

確かに、龍鵬と呂青文の関係は、ただの主従とは言えない気がする。同志というよりは、もう一歩踏み込んで『親友』か。なんにしても、その絆《きずな》は強固だ。

「青文とは、お互い、切磋琢磨《せっさたくま》し合ってきた。知識を蓄《たくわ》えるのも、剣の腕を磨くのも、ずっと、あいつと一緒だった。あいつ、ああ見えて、口だけじゃなく、剣の腕も立つんだぜ。腹立つよな」

「でも、昔勝負した時は、あなたが勝ったんでしょう？」

呂青文はそう言った。あの時、勝利したのが呂青文であったのなら、歴史は大きく変わっていたはずだ。

「あー、あの時は、青文、食うや食わずでふらふらだったからな。あれは、真っ当な勝負とは言えないだろ」

「じゃあ、呂青文さまのほうが強いの？」

「どうだろう？　でも、あいつとやり合って、負けたと思ったことはないな」

そう言って、龍鵬が不敵に笑みを浮かべる。龍鵬は自信満々だが、要するに、互角ということか。でも、そういう相手がいたのはうらやましいなと思う。美麗には同じ年ごろの友だちはいなかったから。

「皇太后さまと公主さまを救出したあとはどうするの？」

質問を変えると、龍鵬は少しだけ思案してから答える。

「羅玄成らを糾弾《きゅうだん》する」

「あの人たち、おとなしく罪を認めるかしら」

「認めないだろうな。確たる証拠でも掴めれば、また別だが……」

証拠。

「たとえば、誰かに悪事を指示した時の文とか、連判状《れんぱんじょう》とか？」

連判状とは、何かことを起こす際に、計画に加担すると誓った者たちが、自身のその誓いが本物であることを仲間に証明するため、それぞれの名前を書き連ねたものだ。全員が自ら署名し、血判《けつぱん》を押すこともある。そこに署名してしまえば、あとになって「自分は関係ない」などと言い出すこともできない。味方にとっても、敵にとっても、極《きわ》めて有力な証拠だ。

「連判状か……。確かに、羅玄成なら作っている可能性は高いと思う。あいつは味方だからといって無条件に信用するような男じゃない」

「手に入れられるかしら？」

「無理だろうな。もし、人手に渡りでもしたら、羅玄成もただでは済まない。ことが成ったあと、すぐに処分しているだろう。たとえ、何かの理由があって残していたとしても、簡単に手に入れられるような場所に置いておくはずがない」

「なんにしても、一筋縄《ひとすじなわ》ではいかないってことね」

美麗は歯噛みしたが、龍鵬は不敵に笑っている。

「なに、羅玄成が狡猾《こうかつ》なら、こちらは羅玄成以上に狡猾になればいい。こちらには青文もいる。青文と羅玄成の狡猾同士、一度、本気で対決させてみたいな。いったい、どっちが上だろう？」

「そんなの願い下げよ」

美麗は眉を寄せた。想像しただけでも、背筋が、ゾッ、とする。

「皇太后さまは……？　あなたのお母さまは何かご存じないの？」

当時、王敬忠の味方をして、なおかつ、今、生命を長らえているものは多くはない。皇太后は、そのうちの貴重なひとりだ。あるいは、何か有益なことを知っているのではないだろうか？

なかば思いつきで美麗が口にした言葉に、龍鵬が眉をひそめる。

「どうだろう？　なんとも言えないな」

「お伺いすることはできないの？」

「母上からは時々文が届く。だが、内容は当たり障《さわ》りのないことばかりだ。おそらく、中を改められていて、うかつなことは書けないのだと思う」

一国の皇太后に対して、なんという非道な扱いだろうと憤りを覚えはするが、考えたら、当然の処置だ。自分が羅玄成でもそうするだろう。敵は分断するべきなのだ。

「噂によれば、美麗のお父上が羅玄成の不正を色々と調べておいでだったと聞くが……」

「……え……？　父上が……？」

「美麗のお父上は、真っ先に羅玄成に狙われ、一気に自害するまでに追い詰められた。逆に言えば、羅玄成にとって、美麗のお父上は、一刻も早く消し去らなければならない相手だったということだろう？　羅玄成が知られたくないと思っていたことに、美麗のお父上がそれだけ肉薄していたのではないかと俺は思う」

「……」

「美麗は、何か聞いていないか？　たとえば、お父上からの文や、お父上がしたためられた文書の中に、それらしきものはなかったか？」

少し考えて、美麗は首を横に振る。

「ないわ……。祖父が父のものはすべて処分してしまったの。わたしは父の手による書を一文字でさえ見たことがないのよ」

「……そうか」

「祖父は息子のことを思い出すと悲しくなるから処分したのだと言っていたけれど……」

もしかしたら、その中に何かあったのだろうか？　たとえば、羅玄成にとって都合の悪いものが。

「祖父は羅玄成の味方だったのかしら……」

愕然《がくぜん》とした。

まさか、あの祖父が？　あれほど嘘を嫌い、美麗に清廉《せいれん》を説いていたのに……。

震える美麗の頬に、龍鵬がそっと頬を寄せる。

「俺はそうは思わない」

「でも……」

「何か事情があったのかもしれないだろ。たとえば、そうしなければ美麗の生命はないと脅されたら、高伯達殿はどうするだろうか？」

「あ……」

「もちろん、ただの憶測《おくそく》でしかないが、高伯達殿が美麗を守るためにそれが必要なことだったのではないかと思う。高伯達殿は志《こころざし》のある方だ。理由もなく、羅玄成に与《くみ》したりする方ではないよ」

龍鵬の言葉は冷静だった。淡々としたその声が、美麗を慰めようとした口先だけのものではなく、龍鵬が、その頭で考え、導き出した答えだと教えてくれる。

ほっとした。強張っていた頭から、一気に力が抜けて、なんだか、涙まで出そう。

「龍鵬……」

美麗がたくましい胸に額をこすりつけるようにすると、龍鵬は、美麗のまっすぐな髪をなでながら、力強い声で言った。

「なんにしても、母上と妹を無事助け出すことだ。母上にお会いできれば、語っていただけることも色々とあるだろう」

うまくいくだろうか？

もし、皇太后さまの奪還《だっかん》に失敗すれば、今以上に、色々なことが難しくなる。龍鵬は自由を制限され、自分は後宮から追い出されるかもしれない。

いや。それならばまだましなほうか。殺される可能性だってなくはない。美麗はもちろん、皇太后さまを奪還する計画に関わったすべての者――たとえば、あの妓楼の女将や、何も知らない妓女たちまで……。

（信じるのよ）

美麗は自分に言い聞かせる。

（わたしが龍鵬を信じなくてどうするの？）

「大丈夫。絶対に、うまくいく。龍鵬はうまくやり遂《と》げる」

そう言うと、腰に回された腕に力がこもり、仰向けになった龍鵬の腹の上に抱き上げられた。

「俺たちは、だろ？」

「そうね」

「孫子《そんし》の兵法書《へいほうしょ》には、勝兵はまず勝ちてしかるのちに戦いを求めるとある」

戦《いくさ》に勝つ者は、あらかじめ戦に必要なものをすべて整えてから戦に向かっている。要するに、何ごとにも準備が必要だってことだ。

「俺は、同志を募《つの》り、情報を集め、己の研鑽《けんさん》に励《はげ》んだ。あとは機を誤らぬことだ」

「龍鵬……」

「機は熟した。俺はやる。既に、手は尽くした。俺が負けるわけがない」

美麗は龍鵬をじっと見つめる。

見下ろす黒い瞳に宿る光は明るい。

きらきらと輝くまなざしが、眩《まぶ》しくて、眩し過ぎて、思わず、眦《まなじり》から涙がこぼれた。

龍鵬は、指先でそれをぬぐい、美麗をやさしく抱き寄せる。

「俺が民《たみ》をなびかせる風なら、俺をなびかせたのは、美麗、おまえだ。おまえと出会って、長い間、俺の中で澱《よど》んでいた風が、どこかへ向かって、溢れるように吹き始めた」

「わたしも……。わたしもよ……」

龍鵬と出会い、天命を知った。

『いつも、自分の心に耳を傾けなさい。そして、その心に偽《いつわ》りなく生きなさい。それがおまえの天の道です』

祖父が導いてくれた、これが美麗の天命。

(わたしは龍鵬のそばにいたい。一番近くで、龍鵬が為《な》すことを見届けたい)

「愛してるわ……」

ささやくと、美麗の身体の下で、熱くて硬いものが、ごそり、と蠢いた。

「……ぁ……」

龍鵬の男。

それが、美麗を欲しがって、蠢いている。

美麗は、とろり、と微笑み、両手で龍鵬の硬く引き締まった腹に手を置き、身を起こす。

龍鵬の大きな手が、美麗の腰を掴んだ。

「どうした？　抵抗しないのか？」

面白がるような声。裏腹に、問う龍鵬のまなざしには既に淫蕩《いんとう》な熱が灯《とも》っている。

美麗は、熱に潤んだ瞳を伏せ、頬を薄紅く染めて密やかに答えた。

「聞き分けのいいわたしは、つまらない？」

恥ずかしいと思う気持ちが、全部なくなってしまったわけではない。何もかもを詳《つまび》らかにし、龍鵬に預けてしまうのは、まだ、ちょっと怖い気もする。

だが、ためらいや戸惑いは、もう、なかった。

あるのは、胸が張り裂けそうなほどの愛《いと》しさだけ。

「いやがる女に無理強いする趣味はないと言ったはずだぞ」

そう言って、龍鵬が美麗の中に押し入ってくる。

「……あっ……あぁ……」

突き上げてくるものに一気に身体の中を満たされて喉が鳴った。

美麗を見上げている龍鵬のまなざしは、ひどく気遣わしげだ。

美麗は、首を左右に振って、それに答える。相変わらず衝撃は凄まじいが、先ほどに比べたら、痛みは少ない。

「あなたは……？　あなたは、気持ちいい……？」

男の性は女のそれとは違うという。自分は龍鵬を満足させられるだろうか？

龍鵬は、身体を起こして、美麗を抱き寄せる。その拍子に、更に深いところを突かれ、美麗は悲鳴を上げる。

耳元に吐息が触れた。

「馬鹿。気持ちいいに決まってんだろ」

膝の上に抱かれ、身体をぴったりと密着させて抱き合うと、つながった部分から快楽の片鱗が疼くように溢れ出してくるのがわかる。

こうして慣れていくのかもしれない。

美麗は、龍鵬の耳にくちづけをして、甘くささやいた。

「わたしも……、気持ちいい……」

だから、あなたも、好きなだけ、気持ちよくなって……。

◇　◇　◇

ゆっくりと時が満ちていく。

龍鵬の望みが叶《かな》う日が近づいていく。

龍鵬はいつもと変わらない。

派手で奇抜なみなりで天星宮の中をうろつき、会議を勝手に退席し、時折、呂青文に耳を引っ張られたりしながら、官僚どころか下働きの子供たちにも『役立たず』と侮《あなど》られたりしている。

時には、お忍びと言いつつ、堂々と正門を突っ切り、ぞろぞろと監視役を引き連れて華陽の都にも繰り出していく。

お目当ては妓楼だ。

『ここのところ、随分と足繁く通っておいでだし、一度行けば長居をなさるらしい』

『きっと、お気に入りの妓女がいるんだろう』

『国民は年々重くなる税に苦しんでいるというのに、いいご身分だな』

『やめておけ。そんなことを言ったと偉い方々のお耳に入りでもしたら首が飛ぶぞ』

兵士や下級官僚たちにそんな噂をされつつも、のらり、くらり、とお飾りの皇帝陛下をやっている。

一つ変わったことがあるとすれば、時折、牛宿房《ぎゅうしゅくぼう》で夜を過ごすようになったことくらいか。

相変わらず美麗のみを寵愛し、ほかの女を後宮に入れようとする気配もないので、羅玄成を始めとする奸臣たちは内心穏やかではないようだが……。

たぶん、決行の日は近づいているのだろう。詳しいことは何も聞かされていないので推測《すいそく》するよりほかはないが、そんな気がする。

龍鵬が計画について教えてくれないことを不満に思ったことはない。

呂青文の言うとおりだ。

それが必要であれば、龍鵬は自分の口で話してくれるはず。話してくれないのは、美麗を信頼していないからではなく、話さないほうがいいと判断したから。

だから、美麗は、何も知らないまま、いつもと同じ日々を過ごしている。

龍鵬が会議を抜け出して天星宮をふらふらしている時は、一緒になってふらふらし、龍鵬が華陽の妓楼に出かけている時は、図書寮で書物を読んでいる。

今のところ、なんとか小康《しょうこう》状態を保っている祖父の伯達に文を書くのも日課の一つだ。

それが、龍鵬が美麗に課した、美麗の役目。ここで美麗が浮き足立てば、目も耳もさとい羅玄成に、何かあるのではと勘繰《かんぐ》られることになるかもしれない。

今日も、監視の兵を大勢引き連れ、正門から出て行く龍鵬を送り出し、それから、いつものように図書寮に向かう。

書物を読んでいれば、あっという間に時間は過ぎた。龍鵬を待つ間の、どうしようもない不安も、少しは紛れる。

美麗が手に取ったのは、経書《けいしょ》ではなく、昔、飆《ひょう》の国の人がしたためたという旅の記録だ。散逸《さんいつ》したり破損したりして読めない部分も多いものの、はるか西方の国の珍しい風俗《ふうぞく》や景色が描かれた書物に美麗が心を躍《おど》らせていると、誰かがそっと近寄ってくる。

文官の安平子《あんへいし》だった。

美麗がそちらに視線を向けると、安平子は弱々しく微笑んで言った。

「いつも熱心でいらっしゃいますね。高妃さまほど書に親しまれる女人は、ほかにはいないでしょう」

褒められたのか？　それとも、警戒されているのか。

判断がつかず、曖昧に微笑み返すと、安平子は、傍らの書架《しょか》から、丁寧に巻かれた竹簡を取り出し、美麗に差し出す。

「これはなんです？」

「まずはご覧ください。お話は、そのあとにでも……」

訝《いぶか》しく思いながらも、美麗は、竹簡を受け取り、紐解く。

現れたその字は、いつか、初めてこの図書寮に来た時に見たのと同じく、祖父伯達の字に似ていた。一瞬、伯達の字ではと思った。伯達は、この図書寮で秘書監《ひしょかん》を務めていたのだ。伯達の手による書があっても少しもおかしくはない。

だが、よく見ると、その字が伯達のそれとは少し違っていることに気づく。目の前の竹簡に記《しる》された文字は、伯達同様達筆だが、伯達のそれよりは、幾分力強く、肉厚だ。きっちりと丁寧に書かれていながら、どこか、踊り出しそうに愛嬌《あいきょう》のある文字は、あくまでも思慮深かった伯達とは違い、秘めた激しさを感じさせる。

美麗は、はっ、とした。

「まさか、これは父の……」

安平子が青ざめた顔でうなずく。

「さようでございます。その書は、高妃さまのお父さまのお手による書でございます」

これが父の書。父が生きていたという証《あかし》。顔も、声も、その腕のぬくもりも、美麗は何一つ覚えてはいないけれど、父という人の存在感が、この書から濃厚に立ち上ってくるような気がする。

呆然とする美麗に、安平子は低い声でささやきかけた。

「お父上のことをもっと知りたくはありませんか?」

「……え……?」

「私はお父上が遺された文書をお預かりしております。お父上に何かあった時には王敬忠さまか皇太后さまにお届けするようにことづかっていたのですが、すぐにお二方とも天星宮を追われてしまい、お渡しする術《すべ》もないまま、やむなく、今日まで保管しておりました」

驚きの言葉だった。美麗は勢い込んで安平子に詰め寄る。

「それで!? その文書には何が書いてあったのです?」

「ここでは誰の耳があるかわかりません。危険です」

安平子は苦しげに首を横に振った。

「それよりも、実際に、ご覧になっていただいたほうがよいでしょう。今夜。皆が寝静まったころに、どこかでお会いできませんか？　その際に、件《くだん》の文書をお持ちします」

美麗はうなずいた。うなずくよりほかはなかった。

そうして、時間と場所を決め、図書寮を出る。

どこかで、羅玄成が見ているのではないだろうか。安平子との密約に耳を澄ませているのでは。

そう思うと生きた心地もしなかったが、とりあえず、約束はしてしまったのだ。

美麗は、使いをやって、龍鵬が帰ってきたら会いに来てほしい旨《むね》の伝言を頼み、自身は牛宿房に戻った。もちろん、その際、皇帝の寵愛を請《こ》う無邪気な寵妃《ちょうき》を装《よそお》うことは忘れなかった。

父の遺した文書。

本物だろうか？　本物だとしたら、何が書いてあるのだろう？　あるいは、幼帝暗殺未遂事件の真相《しんそう》についてだろうか。

もちろん、父の文書にはことの真相など一言も書かれていない可能性も高い。とはいえ、少なくとも、王敬忠か皇太后に届けるよう、わざわざことづけたほどの文書だ。もし、本物なら、きっと、龍鵬にとって有用な情報が書かれているに違いない。

（でも、本物じゃなかったら……？）

その場合は罠だ。安平子は、羅玄成の手先で、嘘の文を用い、美麗をたばかろうとしているることになる。

美麗は安平子の脅え青ざめた顔を思い出す。

善良そうに見えた。二年先輩である美麗の父に世話になったと語った時の懐《なつ》かしげな表情は、演技だとは思えない。

あんな人までもが、自分をだまそうとするなんて信じたくないけれど……。

なんにしても、今夜、どのように立ち回るべきか、龍鵬と相談しなければならなかった。

龍鵬がいつごろ帰ってくるかは聞いていない。こんな時に限って、呂青文もいない。

ひとり、行くべきか行かざるべきか迷っているうちに、夜は更《ふ》けていった。

そろそろ安平子との約束の時刻だ。

美麗は、意を決し、龍鵬に当てた書置きをしたためると、寝具の下に隠し、部屋を出る。

書置きには、安平子と会うことと、待ち合わせの場所だけを書いておいた。さとい龍鵬なら、きっと、それだけで何かを感じ取ってくれるはずだ。

あいにくの曇り空で、外は暗かった。

夜の闇に目をこらしながら、美麗は道を急ぐ。安平子が提案したのは、後宮の庭園の中にある小さな池のほとり。

罠か、罠でないかは、どちらとも判断がつきかねる。

罠でなければ簡単なことだった。文書をもらって帰るだけ。

でも、罠だったら？

安平子本人は剣など手にしたこともなさそうな、いかにも文官という雰囲気の男だが、でも、罠なら、安平子のほかにも誰かが待ち伏せている可能性もある。もし、そうなら、無事では済むまい。

（やっぱり、よしたほうがいいのかしら……）

勢いでここまで来てしまったが、だんだん、それは軽率な行為だったのではないかと思えてきた。

考えてみれば、今、安平子に無理をして会う必要があっただろうか？　龍鵬か呂青文の帰りを待ってもよかったのではないか？

（帰ろう）

ひとりで安平子に会うべきではない。

自分は浮き足だっていた。父の名を出され、冷静さを失っていた。

たぶん、これは策略《さくりやく》。どこからか、羅玄成の禍々《まがまが》しい気配が漂ってくるようではないか。

唇を噛み締め、美麗が踵《きびす》を返そうとした、正に、その瞬間だった。

腕を掴まれる。誰かが美麗の前に立ちはだかる。

恐怖で悲鳴が溢れた。

「……っ……」

暗闇から姿を現したのは、安平子だった。

「高妃さま。どこにおいでになるおつもりです？　約束の場所はこちらですよ」

美麗は安平子の腕を振り払う。

「都合が悪くなりました。約束はなかったことにしてください」

「なぜ？　お父上がお書きになった文書をご覧になりたくはないのですか？」

しつこい。安平子はどうしてこんなにしつこくするのだろう？　必死の声音で言葉を吐き出し、闇の中で蠢くまなざしには異様な光が宿っている。なんだか、美麗が知っている安平子ではないような……。

気持ちが悪くなって、美麗はじりじりとあとずさった。

「その文書って、本物なの？」

「も、もちろん、本物でございますよ」

違う。きっと、違う。安平子の目が泳いでいる。自分は嘘をついていると、その目が言葉よりも雄弁《ゆうべん》に語っている。

「嘘つき！　ほんとうは、最初から、そんなもの、ないんでしょう？　父の名前を出せば、わたしが動揺すると思ったんでしょう？」

「こ、高妃さま……。わ、私は……、私は……」

「そこをどいてください。わたしは帰ります。あなたには、もう、用はありません」

木偶《でく》のように立ち尽くす安平子を強引に押しのけ、足を踏み出そうとした途端、今度は背後から腕を掴まれる。

「そうは参りません。高妃さま。あなたには用がなくても、こちらには用があるのです」

ギクリ、とした。

聞き覚えのある声。いささか野太くはあるが、あたりに朗々《ろうろう》と響き渡る、たとえば、演説でもさせたらよさそうな……。

「……羅玄成……」

愕然として振り返れば、そこには禍々しい微笑みがある。

「だましたのね……。やっぱり、わたしをだましていたのね！」

安平子が「ひっ」とみっともない声を上げて地面に這いつくばる。

「お許しください。お許しください。高妃さま。私だって、こんなことはしたくはありませんでした。でも、言うことを聞かなければ、娘と孫がどうなっても知らないぞと脅され、やむなく……」

その言葉を聞いて、美麗は、眦を怒らせ、羅玄成をねめつけた。

「あなたの差し金ですか⁉　あなたが脅したの⁉」

羅玄成の笑みが、に、と深くなる。

「私は脅してなどおりません。ただ、ちょっと高妃さまを連れ出してほしいとお願いしただけです。もっとも、後ろ暗いことがあると、ただのお願いでも、否応なく脅しに聞こえてしまうようですが」

「後ろ暗いこと？」

問い返すと、羅玄成が冷ややかな声で言った。

「高妃さまはご存じですか？　お父上が関わっていらした陛下の暗殺未遂事件について」

警戒心を高めながら、美麗は小さくうなずく。

「知っています。概要だけですが」

「では、毒殺された宮女がお父上と会っていたと証言するものがいて、それが、お父上の容疑を深めたということも？」

「ええ」

「では、その証言をしたのが、この男だということはご存じですか？」

咄嗟に、安平子を見ると、安平子は地面に額をこすりつけるようにしてぶるぶる震えていた。その頭上に、羅玄成の冷徹《れいてつ》な声が降り注ぐ。

「この男は、嘘の証言をして、あなたのお父上を窮地に追い込んだのですよ。いわば、あなたのお父上を死に追いやった張本人だ」

「違う……。違う……。私じゃない……」

涙と涎《よだれ》をだらだらこぼしながら、安平子が上ずった声で言った。

「私は脅されただけなんだ……。そう言えと言われたから、言った……。言わなければ、殺されていたのは私だったんだ……。悪くない……。私は悪くない……。悪いのは……」

羅玄成が容赦なく安平子を蹴りつける。

「黙れ！」

一喝《いっかつ》する声は、聞いた瞬間、耳を切り裂くほどに鋭かった。

「誰が余計なことを言えと言った？」

「ひいいぃいいいっっっ」

その様子を見ていれば、聞かなくてもわかる。

羅玄成が、安平子を脅して、言うことを聞かせたのだ。昔も、そして、今も。

「……この人に、なんて言ったの？」

「些《さ》細《さい》なことですよ。あなたの父上が失脚すれば、あなたの父上が座っていた地位が空《あ》く。空いたその座には、いったい、誰が座ることになるのだろうね、とささやいただけ……」

安平子の喉から耳障りな声が溢れる。たぶん、慟哭《どうこく》しているのだろうが、それは、まるで、獣が咆哮《ほうこう》しているようにも聞こえた。

「この男は、目先の欲に目が眩《くら》んだのです。高妃さまのお父上に散々世話になっておきながら、手に入るかどうかもわからない地位のために、あなたの父上を陥《おとしい》れた」

羅玄成の声は心底つまらなさそうだ。

「人は、なぜ、こんなにも簡単に人を裏切るのでしょうね」

「裏切らせたのはあなたじゃない」

身の内が震えるような怒りがこみ上げてきた。

「誰だって、今日よりも明日、明日よりも明後日が、より豊かであることを望んでいるわ。それが、希望であり、夢というものよ」

そう。それこそが、龍鵬の起こす風。龍鵬の理想。

「あなたは人が持っていて当たり前のその純朴《じゅんぼく》で健全な心につけ込んだのよ。おぞましいささやきで、この人の欲望を煽《あお》り、正しい心を見失わせた。一番悪いのは、あなただわ。そんなあなたに、誰かを断罪する資格なんかない」

きっぱり言い切ってやると、乱暴に顎を掴まれた。痛い。骨が砕けそうだ。

「なんと、まあ、よく口が回る小娘だ」

忌々《いまいま》しげに突き放され、美麗は震える声で問う。

「わたしを……、わたしを、どう、するつもり……？　もしかして、殺すの？」

「殺す？」

高らかな笑い声があたりに響いた。

「それもいい。あの小僧《こぞう》はおまえのことを殊《こと》のほか気に入っているようだし、おまえを失って嘆く顔を見るのもさぞ楽しかろう」

「……この外道《げどう》が……」

「だが……」

羅玄成の声がいっそう低くなり、そのまなざしが暗い光を帯びる。

「まだまだ殺さぬよ。おまえには利用価値がある」

美麗は首を左右に振りながらあとずさった。

けれども、いまだ、がっちりと美麗の腕を掴んでいる羅玄成の力は、びっくりするほど強い。

悔《くや》しげに目を伏せる美麗を見て、羅玄成が満足げに笑った。

◇　◇　◇

両目を覆っていた黒い布が外された。

視界に薄ぼんやりと光が戻ってくる。

いまだ光になじまない目を眩しげに細めながら、美麗はあたりを窺う。

屋内だ。とても、みすぼらしい、家というよりは、小屋のような場所。

（ここは、どこ……？）

あのあと、両手両足を縛られ目隠しと猿轡《さるぐつわ》をされた。

やったのは、安平子だ。あれだけひどいことをされたというのに、安平子は、羅玄成に命じられると、唯々諾々《いいだくだく》として従うのだから呆れる。

羅玄成ではないが、ほんとうに、人の心はわからない。安平子は善良そうに見えたし、おそらく、本質は善良であろうに、なぜ、と思うと、失望も大きかった。

荷物のごとく担《かつ》ぎ上げられ、荷車のようなものに乗せられて、いったい、どのくらいの距離を移動したのだろうか？

目隠しをされていたのではっきりしたことは言えないが、おそらく、ここは天星宮の外だ。華陽の都の、それも、少し外れのあたり。

なんとか身を起こそうとすると、猿轡が外される。大声を上げて助けを呼ぼうか。しかし、喉が貼りついたように痛くて、声を出せない。

美麗の心の内を読んだかのように、傍らの男がそっけなく言った。

「大声を出したって無駄ですよ。無駄なあがきはやめることですね」

羅玄成だ。羅玄成の激昂を表すように一時荒ぶった口調が、再び元の慇懃《いんぎん》なものへと戻っているのが、いっそう、不気味だ。

「これが何かおわかりですか？」

羅玄成が傍らか取り出したのは鳥かごだ。中には、死んだ鳥が横たわっている。

「……鳩《はと》……」

いやな予感がした。鳩。龍鵬たちは、連絡手段に鳩を使うと言ってはいなかったか？

「この鳩には足環《あしわ》がついておりました。そして、足環の中にこのようなものが……」

青ざめる美麗の前で、羅玄成は小さな紙片を広げてみせる。紙片に書かれていたのは鳳凰《ほうおう》の絵。

「先日、天星宮から鳩が何羽か持ち出されたことは知っていましたよ。そして、その鳩が嬉《き》に運ばれたことも」

「……っ……」

「教えてくださいさい。高妃さま。この鳳凰の絵は、いったい、どういう意味です？」

「知らないわ！」

美麗は、鳩の死体から目を背け、首をぶるぶると左右に振る。

「ほんとうに？　嘘はあなたのためになりませんよ」

探るような視線が、美麗を上から下までねめ回す。

「ほんとうよ！　ほんとうに、わたしは何も知らないの！」

嘘ではない。美麗は龍鵬たちが鳩を使ってはどうかと相談しているのを聞いただけだ。

連絡の手段にどんな符号を使うのかまでは聞かされていない。

あるいは、龍鵬が美麗に何も言わなかったのは、この事態を想定していたからなのではないだろうか？　知っているのに知らないと嘘をつくのは、案外、難しい。最初から知らなければ、嘘をつく必要はない。

一筋の希望が胸に射した。美麗が羅玄成の手に落ちる可能性を考慮に入れていたのだとしたら、そこから救い出す手立てについても龍鵬は考えたはず。まだ、すべての希望が絶《た》たれたわけではないのだ。

「まあ、よいのですけれどね。高妃さまがご存じなくても……」

ふいに、態度を変え、羅玄成が美麗から粘《ねば》ついたような視線を外す。

「大方、この鳩は、嬉《き》で何かことを起こし、その成否《せいひ》を天星宮まで伝えるために使われたものでしょう。嬉で何かあるとしたら、皇太后さまと公主さまのこと以外は考えられませんん」

「……く……」

「おそらく、陛下は、私がご用意申し上げた館から、皇太后さまと公主さまを連れ出そうと画策し、そして、失敗した」

はっとして、美麗は顔を上げた。

「どうして？　どうして、失敗したってわかるの⁉」

「わかりますよ。陛下の手の者が向かった館に、皇太后さまと公主さまは既においでになりませんから」

「……なんですって……」

「鳩と聞いて、何かいやな予感がしたのです。すぐに使いをやり、別の館に移っていただきました。陛下の手の者は驚いたでしょうね。なんせ、やっとの思いで踏み込んだ館は、空《から》っぽだったのですから。だから、高妃さまに教えていただくまでもない。これは失敗の徴《しるし》です。それ以外、ありえません」

美麗の前で、小さな紙片を破り捨て、羅玄成は高笑いする。

「皇太后さまと公主さまは大切な方です。陛下の手に渡すわけには参りません。これからは、高妃さまもですよ。あなたも、私にとっては、とても大切な方だ」

「どういうこと？　まさか、わたしまで人質にするつもりなの？」

ほんの少し前、わずかに芽生《めば》えた希望がしぼみそうになる。

自分までもが人質になってしまえば、龍鵬はいっそう動きにくくなるだろう。せっかく、龍鵬の風が吹き始めたところなのに、自分が龍鵬の足かせになってしまうなんて耐えられなかった。

それくらいなら、いっそ、この場で舌を噛み切って死んでしまおうか。

いや。それは、早計《そうけい》に過ぎる。たとえ、人質になったとしても、できることはあるはずだ。死ぬのは、逃げ出す可能性が全くないと判断がついてからでも遅くはない。

様々な思いが胸をよぎった。どれがよくて、どれがだめかなんて、簡単には決められない。小さな可能性まで考えれば考えるほど、心は千々《ちぢ》に乱れて……。

「しかし、不思議なものですな……。あの時の赤子と、また、このような場所で相見《あいまみ》えようとは……」

「……また？　どういうことです……？」

聞き返すと、羅玄成は少し意外そうな表情をした。

「お祖父さまから何もお聞きになってはいないのですか？」

「祖父は昔のことは何も話してはくれません」

「そうですか。高伯達様は私との約束を守ってくださったのですね。律儀《りちぎ》な方だ」

「どういうこと？　祖父に何をしたの!?」

「何もしていませんよ。ただ、孫娘がかわいければ、あなたの息子からの文は全部処分してくださいとお願いしただけです。あなたのお父上はとてもしつこくてね。人目に触れると私にとってはいささか都合の悪いものを色々と収集しておいででした。中には、私が仲間と取り交わした連判状まであったのですよ。いったい、どこから手に入れたのか……」

連判状。では、ほんとうに、あったのか。

「高伯達殿は、誰にも秘密にすると約束してくださった上で、それを、全部、私の目の前で燃やしてくださいました。よいですか？　高妃さま。あなたのお祖父さまは、あなたとあなたのお父上の名誉とを引き換えになさったのですよ」

「なんてこと……。なんてことを……！」

その時の祖父の気持ちを思うといたたまれなかった。たったひとり遺された美麗の生命のために、祖父は息子が着せられた無実の罪を晴らすことを断念したのだ。

「あの時、つまらない情《なさ》けなどかけず、あなたを殺していたら、今ごろ、どうなっていたのでしょうね」

「わたしと出会わなくったって、龍鵬は龍鵬よ！　あなたを断罪し、皇帝として理想に生きたわ!!」

羅玄成は、美麗の言葉を一笑《いっしょう》に付《ふ》すと、再び、目隠しの布を手にする。

「さて。そろそろご出立《しゅったつ》していただきましょうか」

「……どこに連れていく気？」

「北がよいか、南がよいか。いっそ、嬉《き》など通り越して、はるか西方にまでおいでになりますか？　西方には珍しいものがたくさんあると聞き及びます。高妃さまのお気に召《め》すでしょう」

「……」

「もうすぐ、迎えの馬車が参ります。高妃さま。お支度を」

羅玄成がそう言い終えた、正にその瞬間、ふいに、どこかで何かが割れるような大きな音が聞こえた。

続いて、よく通る明るい声が羅玄成を遮《さえぎ》る。

「それには、及ばぬ」

聞き間違えるはずがなかった。何度も何度も、耳元でそのささやきを聞き、その声が肌に染み込むほど、いつも近くにいた。

「……龍鵬……」

狭い小屋の入り口を蹴破るようにして、龍鵬が中に入ってきた。ひとりではない。何人かの武装した兵を連れている。中には見知った顔もあった。あの日、あの妓楼にいた男だ。たしか、鳩を使ってはどうかと提案した若い男。

その若い男は、龍鵬の背後から歩み出ると、美麗のそばに近寄り、手足を縛《いまし》めていた縄を小刀で切っていく。

「お怪我はありませんか？」

美麗はなんとか笑顔を作った。

「ええ。大丈夫よ。ありがとう」

羅玄成は、一瞬、憮然としたような表情になったが、すぐに、両手を胸の前で重ね、恭しく臣下の礼の形を取った。

「驚きました。まさか、陛下がこのようなところに自ら足をお運びになろうとは……」

龍鵬は冷ややかなまなざしで羅玄成を見下ろしている。

「おまえのほうこそ、何をしている？」

「私でございますか？　私は、高妃さまをお助けに参ったのでございます」

「美麗を助けに？」

「はい。眠れぬまま夜の散歩に出かけましたところ、たまたま、賊《ぞく》が高妃さまをさらうところに出くわしたのでございます。私は、こっそり賊のあとをつけ、賊が目を離した隙に高妃さまをお助けしようとしていたところへ、陛下がおいでになったのでございます」

なんて白々《しらじら》しい。

美麗は、「そんなの全部でたらめよ」と言おうとしたが、龍鵬が目線でそれを遮る。

「ほう……。たまたまか……。たまたま、ね……」

「はい。たまたまでございます」

「では、別の者にも聞いてみようか。おい。おまえ。おまえは何を見た？」

龍鵬の目線が、美麗の傍らで美麗を守るように立ち尽くしている若い男に向けられる。

若い男は、表情を引き締め、はきはきと答えた。

「私は陛下のお言いつけどおり、今日一日、高妃さまのおそばで高妃さまをお守りしておりました」

その言葉に、美麗は目を瞠《みは》る。驚いた。まさか、護衛がついていたなんて。

美麗の思いをよそに、若い男はすらすらと報告を続ける。

「夜半でございます。お休みになっていたと思われた高妃さまは、ひとり、牛宿房をお出になり、庭園へ向かわれました。美麗さまを待ち受けていたのは、相国《しょうこく》さまと図書寮の安平子さまのおふたりです」

羅玄成の顔色がさっと変わる。おそらく、羅玄成もこの若い男の存在には気づいていなかったのだ。

「高妃さまを縛り上げ、目隠しをし、猿轡《さるぐつわ》をかませたのは安平子さまでした。荷物のように担いだのも、荷車に載せ、それを曳《ひ》いたのも安平子さまです。相国さまはご覧になっていただけでした。いや……、ご覧になっていただけというのは間違いですね。相国さまは、安平子さまに指示を出し、安平子さまがうまくできないと、罵《ののし》っておいででした」

若い男の報告を聞き終え、龍鵬がうっすらと笑みを浮かべる。

「相国の言葉とは随分違うようだな」

「……その者の見間違いでございましょう」

「あくまでも自分が正しいと？」

「はい。天に誓って、私に疚《やま》しいところはございません。お疑いなら、その若者と私、どちらの言葉が信ずるに足るか、陛下ご自身が皆の者に諮《はか》ってみてはいかがでしょうか？」

羅玄成は堂々としていた。事情を知らない者ならば、きっと、羅玄成の言葉を信じてしまうだろう。

美麗は羅玄成の罪を知っている。護衛の若い男もそうだ。けれども、二人分の真実よりも、羅玄成の嘘のほうが重く感じられる。羅玄成はこうやって嘘を真実に変えてきたのだ。巧みな言葉と態度で、人の心を操《あやつ》って。

ふいに、龍鵬がつぶやく。

「夜が明けてきたな……」

板張りの壁の隙間から見える空が、少しずつ白み始めていた。

「よかろう。続きは天星宮で聞かせてもらうとするか」

羅玄成の口元に、うっすらとほくそ笑むような微笑みが浮かぶ。

美麗はそれを見逃さなかった。

羅玄成には勝算があるのだ。どう見たって不利なこの状況なのに、言い逃れができるといまだに考えている。

「連れていけ」

兵士に短く命じたあと、龍鵬は美麗のそばまでゆっくりと歩み寄ってきた。

「ご苦労だった」

まずは、美麗の護衛役を務めた若い男を労《ねぎら》い、それから、美麗に視線を向ける。

「大丈夫か？」

美麗は笑顔を作った。

「平気よ。龍鵬が必ず助けに来てくれるって思ってたから」

「俺もどんなことが起こっても必ず助けられるよう準備を整えていた」

「わかっているわ」

「それでも、もしも、おまえに何かあったらと思うと……」

背中に回された腕に力がこもる。その指は少し震えている。愛されているのだと思えた。龍鵬ほどの男が、震えるほどにこの身を案じてくれたのだ。胸の深いところから溶け出すように歓びが溢れ、身体じゅうに染み渡る。

「行こうか」

美麗をきつく抱き締めていた腕がゆるみ、代わりに片腕が回される。

「歩けるか？」

「ええ。大丈夫」

ほんとうは、縛られていたところがまだ少し痛いけれど、龍鵬を安心させたくて、美麗は微笑んでみせた。

小屋を出ると、あたりは、もう、うっすらと明るくなっている。

これからどうなるのだろう？

羅玄成の言うとおり、皇太后と公主を救出できなかったのだとしたら、龍鵬は、今までよりも、もっと、慎重にならざるを得ない。羅玄成の娘たちが再び後宮に送り込まれてくるかもしれないし、その対応にも苦慮《くりょ》することになるだろう。

やがて、目の前に天星宮が見えてきた。正門を入り、朝殿《ちょうでん》の長い長い階段の前で、龍鵬は美麗を馬から下ろし、自身も下馬した。

羅玄成は馬車に乗せられている。馬車から降りた羅玄成に兵士のひとりが縄をかけようとしたけれど、羅玄成がそれを拒んだので、結局は、縄はかけられないことになった。

『私は逃げも隠れもしない』

そう言う羅玄成の表情は落ち着いていて、それが、むしろ、不気味だ。

空は燃えるような紅。粛々《しゅくしゅく》と階段を上る一行も朝焼けに染まる。

やがて、陽が上った。眩しい、金色に輝く朝日だ。

龍鵬は、外朝前の広場を、美麗を伴い悠々と歩いていく。広場に常駐している兵士たちが、龍鵬が進むにつれ、波のように左右に分かれて道を作る。

外朝の前まで来ると、龍鵬は足を止め振り向いた。

羅玄成が龍鵬の前に引き立てられる。羅玄成のまなざしには、やはり、動揺はない。

気がつけば、大司馬《だいしば》、御史大夫《ぎょしたいふ》をはじめ、政の中心を司る高官たちも全員が集められていた。まだ早朝だ。いきなりたたき起こされたのか、眠そうに目を擦《こす》っている者もいる。

石畳の上にひざまずいた羅玄成が、両手を重ね、臣下の礼の形を取ると、龍鵬は朗々と宣言した。

「これより、相国羅玄成の詮議《せんぎ》を執《と》り行う」

周囲からは、わずかにどよめきが起こったが、すぐに、それも静かに引いていく。

皆、何が起こっているのかわからず戸惑っているのだ。それもそのはず。今まで、この国の政を取り仕切っていたのは相国で、皇帝である龍鵬は会議にさえろくに顔を出さなかった。その龍鵬が相国を裁《さば》こうというのだから、驚くなと言うほうが無理な話というものだろう。

「相国。己の罪状は理解しているか？」

龍鵬に問われ、羅玄成はひれ伏したまま、静かな声で答える。

「高妃さまをかどわかした罪、でございますか？」

「相国はそれを認めるか？」

「認めません。私は無実でございます」

「相国はこう言っているが……？」

龍鵬の視線が美麗に向けられる。

美麗は、小さく深呼吸をして、乱れる呼吸を鎮めてから言った。

「図書寮の安平子さまに見せたいものがあると言われ、後宮の庭で落ち合うことになりま

した。夜半、待ち合わせの場所に行くと、安平子さまだけでなく相国さまがおいでになり、
私を縄で拘束《こうそく》し、あの小屋に無理やり連れていかれたのです」
「安平子がおまえに見せたいものとはなんだったのだ？」
「父の遺した文書です。父に何かあった時に、皇太后さまか王敬忠さまに届けるようこと
づかったと安平子さまはおっしゃっていました。もっとも、それは、全部、わたしをおび
き出すための嘘だったようですが」
「このあとはどうするつもりか聞いたか？」
「はい。夜が明ける前にどこか遠いところに連れていって、わたしを軟禁《なんきん》するつもりだと
おっしゃっていました。そうすれば、わたしが殺されるのを恐れて、陛下が自分の言いな
りになるとお考えになっていたようです」
はっきりとした犯罪の証言。しかし、羅玄成は少しも騒がない。その顔には、余裕すら
窺える。
「相国。何か申し開くことは？」
龍鵬に促され、羅玄成がゆっくりと口を開いた。
「なんと申されても、私には身に覚えのないことでございます」
「間違いないか？」
「はい。高妃さまは、もしや、夢でもご覧になっていたのではないですか？　あるいは、

私を謀《はかりごと》にかけるおつもりであったのか。なんといっても、高妃さまのお父上は、幼かった陛下を暗殺しようと企《くわだ》てられた方でいらっしゃいますから」

今度は、皆の視線が、一斉に美麗に集中する。

美麗は怒りに震えた。

言うに事欠《か》いて、なんということを。

美麗の父を陥れ、死に追いやっておいて、今度は美麗まで貶《おとし》めようというのか。

「私は、高妃さまのお父上があのような暴挙に出られることを止めることができませんでした。おそらく、高妃さまはそれを恨みに思っておいでなのでしょう。おいたわしいことです。私も、高妃さまのお心が安らぐのであれば、いかようにも致す所存《しょぞん》でございます。どうぞ、陛下におかれましては、高妃さまをお責めになりませぬよう」

美麗は、わなわなと震えながら、周囲を見回す。

高官。官僚。兵士。宮女。ここにいる者の大半は、美麗に非難の目を向けていた。裏腹に、羅玄成には同情的だ。

やられた。

皆が、羅玄成の巧みな弁舌《べんぜつ》に謀《たばか》られている。これでは、美麗がいくら真実を叫んだところで、誰も美麗の言葉など信じまい。

こうやって、美麗の父を自害に追い込み、祖父に息子の無罪を証明することをあきらめさせたのか。

（なんて、恐ろしい男……）

呆然とする美麗を見て満足そうに微笑むと、羅玄成は再び恭しく頭を下げる。

「陛下。この私に免じて、どうぞ、お怒りをお納めください。このような騒ぎが、嬉《き》におないでの皇太后さまや公主さまのお耳に入りでもしたら、お二方とも、たいそうお嘆《なげ》きになることでしょう」

はっとして、美麗は龍鵬を見る。

今のは、ここで引き下がらなければ皇太后と公主がどうなっても知らないぞという、羅玄成の脅《おど》しだ。

見上げた龍鵬の横顔は硬い。しかし、黒い瞳に宿る光は、やはり、明るく輝いていて……。

「相国《しょうこく》。それはどういう意味だ？　ここで俺が引き下がらなければ、母上と妹がどうにかなるということか？」

「めっそうもない。私は、ただ、陛下の御《おん》ためを思い、申し上げたまでございます」

「なるほどな。さすがは、朕《われ》が皇帝となって以来、いつも、傍らで朕を支え続けてきてくれた相国だけはある」

「ありがたきお言葉」

羅玄成の顔に勝利の笑みが浮かぶ。

美麗は歯噛みした。皇太后と公主を救出できていたら、今、この場で、羅玄成を断罪できたのに……。

もう一度、最初からやり直しだ。

(だとしても、わたしはあきらめないわ)

龍鵬に賭けると決めた。龍鵬が少しでも自身の理想に近づいていくことが、美麗の夢なのだから……。

ふいに、ゆっくりと、朝殿の扉が開いた。

丈の短い衣に袴《こ》。袖のない背子《はいし》を羽織り、革の沓《くつ》を履いた黒尽くめの男が姿を現す。

呂青文だった。

門番の兵士が呂青文を止めようとしたけれど、龍鵬が腕の一振りでそれを押しとどめる。

長い長い階段を上ってきたとは思えない軽やかな足取りで広場を突っ切ると、呂青文は龍鵬の前にひざまずき古びた紙を差し出した。

「皇太后さまからでございます」

「皇太后さま?」

羅玄成が怪訝《けげん》な顔をする。

「なぜ、皇太后さまからそのようなものが?」

「不思議か？　そうだろうな。母上からの文は、いつも、おまえが検閲《けんえつ》していた。おまえが目を通していない文が俺に届くはずはないと思っているのであろう？」

龍鵬の唇が、に、と弧《こ》を描いた。

「だが……、残念だったな。母上は妹と共に、現在、天星宮に向かっておいでだ」

さすがに、羅玄成が顔色を変える。

「……どういうことでございましょうか？」

「都から鳩を嬉《き》に運べば、さといおまえのことだ。すぐに、朕が母上と妹を救出しようとしていることに気づくだろう。そうすれば、おまえはどうする？　きっと、母上と妹を別の場所に移す。朕はその移送中を狙った。堅固《けんご》に守られた館より襲撃するのは容易《たやす》いからな」

「……」

「なんだ？　おまえのところには報《しら》せが届かなかったのか？　どうやら、朕の伝令役《でんれいやく》のほうが優秀なようだな」

龍鵬が呂青文を、ちらり、と見る。呂青文は、龍鵬の傍らにひざまずいたまま、涼しい顔をしている。

呂青文のことだ。事前に、羅玄成が伝令として使うであろう馬を調べ上げ、綱《つな》を切って馬を解き放ったり、飼葉《かいば》に馬の体調が悪くなる草を混ぜたりして、容赦なく羅玄成の妨害をしたに違いない。

「ちなみに、母上がくださったのはこれだ」

龍鵬が、呂青文より渡された古い紙片《しへん》を丁寧に開いていく。

「相国。おまえには見覚えがあるはずだぞ」

羅玄成の目の前に突きつけられた紙片には、王敬忠と皇太后を陥れるための策が書かれている。そして、その後ろには、策に賛同する者たちの名前が書き連ねられていた。

中には、現在も天星宮で高官を務めている者もいる。その父や祖父の名前も少なくはなかった。そして、最後には、当然のように羅玄成の名が……。

「なぜ……、このようなものが……」

さすがに、羅玄成も平静ではいられないのだろう。その声からはいつもの自信は失われている。

「母上がお持ちだったのだ」

龍鵬は言った。

「母上の荷はすべて隈《くま》なく改めたはずだと言いたいようだな」

「……いえ……、私は……」

「母上は、天星宮にまだおいでだった時にこれを入手された。その際、もしもの時のことを思い、衣の襟の中に縫い込んでおいでだったのだ。そして、今日《こんにち》まで、その衣は大切に手元においておかれた」

「……そんな……」

「母上にこの文書を送られたのは、高伯達殿だ。高伯達殿は、ご子息から託《たく》されたものはすべてやむなく処分されたそうだが、なんとか隠し持つことに成功したこの一枚だけは、母上にお届けいただくことができたようだ」

ああ、と呻いて、美麗は両手で顔を覆う。

美麗を人質に取られ、言われるまま、父の遺した文書をすべて焼き捨てた祖父。でも、心は羅玄成に屈していなかった。たった一つだけ、貫くことのできた正義が、今、龍鵬と美麗の元に届いた。

「さあ。どうする？　羅玄成。今度は、どんな言い逃れをする？」

龍鵬が羅玄成に詰め寄る。

羅玄成は歯軋《はぎし》りをして龍鵬をにらみつけた。

その顔からはいつもの余裕は消えている。傲慢で強欲。自分がのし上がるためには人を人とも思わない。そんな男の姿が浮かび上がる。

ふいに、羅玄成が立ち上がった。

「こうなったからには、もう、ほかに手はない！　各々方《おのおのがた》、王龍鵬を討《う》て!!」

司馬と御史大夫が驚いて顔を見合わせている。反逆は大罪だ、ましてや、相手は皇帝である。そう簡単に刃《やいば》を向けられる相手ではない。

「何をしている⁉　私が有罪となれば、そなたたちの罪も自《おの》ずと暴かれよう。免《まぬか》れるためには、王龍鵬を討ち、新たな皇帝を立てるしかあるまい！」

「新たな皇帝……」

「まだ公主さまがおいでだ。公主さまの夫を皇帝にすればよい。皆、我が子、我が孫を皇帝にしたいとは思わないか⁉」

途端に、高官たちの顔つきが変わった。

高官たちには後ろ暗いところがある。賄賂《わいろ》を得、勝手に人事に手を加えて、政を腐敗させ、民衆を苦しめた。

このまま、龍鵬に従って、その罪を暴かれることになるくらいだったら、大罪を犯してでも羅玄成に与《くみ》し、再び甘い汁を吸う。そのほうがずっといいと彼らは判断したのだ。

「皆の者！　王龍鵬を討て！」

ついに、大司馬が号令を出した。

けれど、兵士たちはしりごみして誰ひとり大司馬に従おうとしない。

御史大夫が金切り声を上げる。

「どうせ、この男は、今までだって、皇帝らしいことなど一つもしていないではないか。奇妙ななりをして、昼間から色町に繰り出すようなろくでなしだぞ。こんな男が皇帝でいいと思っているのか？」

「それは、皇太后さまと公主さまを人質に取られていたせいよ！」

美麗が言い返すと、御史大夫の言葉に動き始めていた兵士たちの足が再び止まる。

「あなたたちに人質を取られていたから、龍鵬は今まで何もできなかった。でも、皇太后さまも公主さまも解放されたのよ。もう、龍鵬を縛るものは何もないわ!!」

「ちっ」

大司馬は、忌々しげに舌打ちして、自ら剣を抜き龍鵬に斬りかかってきた。

呂青文が、背負っていた剣を素早く抜いて、それを受け止める。ガキン、と鈍い音がして、火花が散った。

「私がお相手しましょう」

「この小僧が!!」

あたりでは乱戦が始まっていた。羅玄成も剣を取っている。

見れば、龍鵬もどこからか取り出した剣を振るっていた。呂青文と剣の稽古に励《はげ》んだと言っていたけれど、確かに、ふたりとも、ものすごく、強い。敵と味方が入り乱れる中、右へ左へと身を泳がすその様は、まるで舞のようだ。

例の護衛役を務めてくれた若い男の背に庇《かば》われ、美麗は呆然とそれを見ていた。

少しずつ、乱戦に加わる兵士たちが増えてくる。

龍鵬に従う者。羅玄成に従う者。どちらにも決めかねて、おろおろと状況を見守っている者も多い。

たった今まで皆が味方同士だったのに、それがいきなり敵味方に分かれて戦うのだ。人の心は、そう簡単に割り切れるものではない。

（このままでいいの？）

美麗は震えながら龍鵬に問いかける。

（これがあなたの風なの？）

敵を力でねじ伏せる。それは、とてもわかりやすい方法だ。過去、数多の王がそうやって敵を打ち破り己を守ってきた。

でも、それで、龍鵬の理想の国は作れるの？

「龍鵬!!」

美麗の声が届いたのだろうか。

敵の剣をかいくぐりながら、龍鵬がこちらを見た。その瞳には、明るく、力強い光。

「静まれ!!」

朗々《ろうろう》と龍鵬の声が響き渡る。

「朕《われ》は皇帝なり！　王《おう》龍鵬なり！　心ある者は朕の言葉を聞くがよい!!」

兵士たちの間に動揺が走った。龍鵬を討ち取ろうと躍起《やっき》になっていた高官たちが表情を強張らせる。

龍鵬は、剣を手にしたまま、広場の中央に力強く立っていた。

龍鵬の唇が高らかに言葉を紡ぎ出す。

「天の道は、善なるものを祝福し、邪《よこしま》なものには禍《わざわい》を与えるという」

その昔、殷《いん》の湯王《とうおう》が語ったという言葉だ。

「朕は、不正を憎み、悪を恥じる！　仁《じん》を志《こころざ》し、義を求める！」

龍鵬の声は、どこまでも届きそうなほど、晴れやかで、力強い。

「今、朕は問う！　善は朕か⁉　それとも、羅玄成か⁉」

兵士たちの手が止まった。皆が吸い寄せられるように、龍鵬を見つめている。誰も何も答えない。ただ、固唾《かたず》を飲んで、龍鵬が何を言うのか待っている。

「ええい！　まだるっこしい！！！」

龍鵬が咆哮《ほうこう》を上げた。

「みんな！　今のままでいいのか⁉　正しくない者ほど地位を得て裕福になり、正しい者は正しくない者に食い物にされる。なのに、力のない者は力ある者を恐れ、それは間違っていると堂々と言うこともできない。それを変えたくはないのか⁉」

兵士たちの間に動揺が走る。ざわめきが広がる。

「俺は変えたい！　俺は、君も、臣も、民も、みんながこの国が大好きだと言える国を作りたい！　そのために、みんなの力を貸してくれ!!」

瞬間、つむじ風が広場を吹き抜けていったような気がした。

それは、皇帝の声だった。兵士たちは、初めて、龍鵬の真の声を聞いた。

すかさず、呂青文が声を上げる。

「善は陛下にあり!!」

怒号のように、周囲から唱和《しょうわ》が上がった。

「善は陛下にあり！　善は陛下にあり！」

瞬く間に、広場はその声に呑まれていく。

兵士たちは争い合うのをやめ、剣を空に突き出し、槍の柄で地面を打ち鳴らす。

奸臣たちは呆然とその様子を見ていた。

大司馬の手から剣が落ちる。それが合図だったように、衛兵たちが駆け出してきて、奸臣たちに縄をかける。

龍鵬は、手にしていた剣を投げ捨て、羅玄成にゆっくりと歩み寄った。

羅玄成は、剣を手にしたままだったが、呂青文がそれを奪い取っても抵抗一つ見せない。

衛兵がふたり、羅玄成の腕を両側から取った。ついに、膝を屈した羅玄成の顔を、自らも膝を折って龍鵬がのぞき込む。

「そろそろ気が済んだか？」

羅玄成は、さもつまらなそうな顔をして、龍鵬を見返していたが、呂青文が近づいてきて、羅玄成に縄をかけようとすると、苛立ちを隠しもせず呂青文をにらみつける。

「おまえのような下級官僚にもなれぬ無位の者に縄をかけさせるとは、私も落ちぶれたものだな」

呂青文は、にっこり、と涼しげな笑みを浮かべた。

「僭越《せんえつ》であると承知はしています。しかし、ここは、私の祖父に免《めん》じてお許しください」

「おまえの祖父？」

「はい。祖父は名を叔康正《しゅくこうせい》と申しました。あなたさまには、さぞかし、なつかしい名でございましょう」

虚《きょ》をつかれたように羅玄成が息を飲み、目を瞠る。

「おまえが……、あの……」

「覚えていてくださったとは光栄です。あなたさまとは何度もお会いしましたね。祖父は、聡明《そうめい》なあなたさまのことを、殊《こと》のほか、かわいがっていましたから」

羅玄成は、呂青文をまじまじと見つめ、それから、美麗に視線を移した。

途端、羅玄成の唇から哄笑《こうしょう》が溢れ出す。

「そうか……。そういうことか……。そうだったのか……」

龍鵬と呂青文は、笑い続ける羅玄成をただ冷ややかに見下ろしている。

しばらく、場違いなほど楽しげに笑い続けたあと、ようやく笑い止んだ羅玄成は、一度、何もかもを飲み込むように静かに目を閉じ、それから、再び目を開いて龍鵬を見た。

「陛下。どうやら、私は陛下を侮《あなど》っていたようですね。身近にそのような者たちを集めておいでだったとは。あのお小《ちい》さかった陛下が随分と立派になられたものです」

それは、皮肉というよりは、羅玄成の本音そのものだと、美麗には聞こえた。

「お聞かせくださいい。いつ、私を断罪する決断をなさったのです？」

龍鵬は、少し考えてから、おもむろに口を開いた。

「さてな。いつごろだったか。気がついた時には、もう、おまえは、俺の『敵』だった」

「さようでございますか」

「ただ、本気になったのは、美麗と出会ってからだがな」

龍鵬の視線が、ふわり、とやさしく美麗を包む。心の芯に火が灯《とも》ったように、胸の中があったかい。

「なぜ？」

羅玄成が問うた。

「あの娘の、何があなたを動かした？」

「そんなの、決まってる」

龍鵬が不敵に笑って答える。

「男なら、誰だって、惚れた女にはかっこいいところを見せたいもんだろ」

羅玄成は、苦笑し、それから、美麗に視線を向けて言った。

「高《こう》美麗よ。おまえのような小娘《こむすめ》など、さっさと殺しておけばよかった」

美麗が赤子のころ、美麗を伯達との交渉に使ったのが、そもそもの間違いだった。

羅玄成の目はそう言っていた。

もしも、あの時、情けなどかけずに赤子だった美麗を伯達共々殺していたら、ここに這《は》いつくばっていたのは羅玄成ではなく龍鵬のほうだったかもしれないのに。

まるで呪詛《じゅそ》のような言葉に美麗がすくみ上がっていると、ゆらり、と龍鵬が立ち上がり、羅玄成の襟を掴み上げる。龍鵬の目は抑え切れぬほどの憤りで滾《たぎ》る炎のように光っている。

「二度とそんなことを口にするな。今度口にしたら、その時は、おまえの鼻と耳を削《そ》ぎ、目玉をくりぬき、指を一本いっぽん切り取った上で八つ裂きにしてやる」

獣が唸《うな》るようにそれだけを告げると、龍鵬は羅玄成の襟を放した。

「連れていけ」

くずおれる羅玄成を、兵士たちが無理やり立たせ、引きずるように連行していく。

その後ろ姿は、とても一国の相国を務めた者のそれとは思えないほど、力なく哀れだ。

羅玄成や、そのほかの奸臣たちが連れていかれるのを呆然として見ていると、龍鵬が歩み寄ってきて、美麗をそっと抱き締める。

「終わったのね……」

やっと、龍鵬の長い長い戦いが終焉《しゅうえん》を迎えた。

だが、龍鵬はどこまでも晴れやかに笑って明るく言うのだ。

「馬鹿を言え」

「龍鵬……」

「終わりじゃない。これから始まるんだ」

◇　◇　◇

「いらっしゃい。龍雲《りゅううん》」

美麗《みれい》は、幼い我が子の手を引いて、丘の斜面を上った。丘の上には石積みの廟《びょう》が見える。

「ははうえ。これはなに？」

龍雲にはまだこれが何かわからないのだ。美麗は、龍雲の前にしゃがみ込むと、目線を合わせ、ゆっくりと教え込むように言った。

「これはお墓よ」

「おはか？」

「そう。母上のお祖父さま――――つまり。母上のお父さまのお父さまのお墓よ」

龍雲は祖父というものを知らない。龍鵬《りゅうほう》の母である皇太后さまがご健在《けんざい》なので、わずかに祖母というものは理解できるようだが、美麗の両親は美麗が赤子の時に、龍鵬の父親は龍鵬が五歳の時にこの世の人ではなくなっている。

肉親の縁に薄い我が子が少しだけ不憫《ふびん》になった。

美麗は、龍雲をそっと抱き締め、それから、静かに促す。

「さあ。お祖父さまにご挨拶して」

「なんてごあいさつすればいいの？」

「なんでもいいのよ。今日楽しかったことでも、明日したいことでも、なんでも、龍雲がしたいお話をしてさしあげて」

龍雲は、美麗に言われたとおり、一生懸命、心の中で何やら話しかけているらしい。その真剣な顔に思わず微笑みながら、美麗は眼下に広がる華陽の都を見下ろす。

龍鵬が真《しん》の皇帝となってのち、それまで、都を蝕《むしば》んでいた不正は一斉に正された。

正しい枡《ます》がきちんと使用されるようになり、賄賂《わいろ》は、送った者も送られた者も罰せられるようになった。権力を振りかざし、傍若無人《ぼうじゃくぶじん》な振る舞いをする役人も更迭《こうてつ》された。

町は少しずつ以前の活気を取り戻しつつある。

農村では、耕地を広げたり、作物の品種を改良したりする取り組みにも着手しているし、税の仕組みも見直している最中だ。

龍鵬の目指す理想にはまだまだほど遠いかもしれない。

それでも、少しずつ、前へ、前へと進んでいく、この国がいとおしい。

(守れてよかった……)

民《たみ》も、宮廷も、龍鵬も。

もし、羅玄成《らげんせい》から政《まつりごと》を取り戻せなかったら、きっと、民の不満は増大し、国は内側から崩壊の危機を迎えていただろう。

伯達《はくたつ》は褒めてくれるだろうか？　よくやったと、言ってくれるだろうか？

ほ、と息を吐き、再び龍雲の手を引いて牛宿房《ぎゆうしゆくぼう》に戻ると、誰かが門の前で美麗《みれい》を待っているのが見えた。

龍鵬だ。背後には、黒い衣をまとった呂青文《りよせいぶん》を伴っている。

龍鵬の髪は相変わらず短い。

一度、「どうして伸ばさないの？」と聞いたことがある。

龍鵬は言った。

『だって楽でいいだろ？』

奸臣《かんしん》たちにろくでなしだと思わせるためにわざとそういう格好をしているのかと思っていたが、案外、あのろくでなしぶりが龍鵬のほんとうの姿なのかもしれない。

さすがに、会議や祭祀《さいし》の時にはまともな衣装を身に着け、きちんと振る舞うようになったが、そうでない時には、相変わらず自由気まま。

でも、そのほうが龍鵬らしくていい。

何にも囚われない龍鵬を美麗は好きになった。

待ちきれなかったのか、美麗が門のところへたどり着くより先に、龍雲が美麗の手を振り解いて駆け出す。

龍鵬が龍雲を抱き上げようと両手を伸ばした。けれども、龍雲は、龍鵬の腕をすり抜け、その背後に控えていた呂青文に迷わず飛びつく。

「ねー。相国《しょうこく》ー。きょうはなにしてあそぶ？」

「さて。何がよいでしょうかね」

「おうまさんごっこ！　相国がうまだよ」

「はいはい」

目を細めながら、呂青文が龍雲の小さな身体を抱き上げる。

龍鵬がぼやいた。

「あいつ、ほんと、青文のこと好きだよな」

何ごとにもそつのない呂青文は子守りも上手だ。龍雲もすっかり呂青文になついている。それこそ、「いったい、どっちが父親だ？」と龍鵬を嘆《なげ》かせるほどに。

美麗は、呂青文に何やらしきりに話しかけているわが子の姿に目を細めた。かわいらしい姿に微笑みを誘われる。と同時に、胸を締め付けるようなせつささなさも……。

ふいに、涙がこみ上げてきた。

じわりと潤《うる》む美麗の眦を指先でぬぐいながら、龍鵬が問う。

「どうした？」

「なんでもない……。どうもしないわ……」

「美麗」

「そう。ほんとうに、なんでもないの。ただ、初めてあなたとお祖父さまのところへ行った夜のことを思い出して……」

あの時、美麗は、病《やまい》に伏せる祖父伯達に取りすがり、お祖父さまがいなくなってしまったら、わたしはひとりぼっちだと泣いた。自分と血のつながった人は、もう、お祖父さましかいないと、子供のように声を上げて泣きじゃくった。

でも……。

「わたしに龍雲を授《さず》けてくれてありがとう」

もう、美麗はひとりではない。何より、龍鵬がいてくれる。

龍鵬の両手が、背後から、そっと、美麗の肩を包んだ。

頬にそっと触れるくちづけ。胸があたたかくなる。

「……あのひと、どうしてる……？」

美麗は誰のこととは言わなかったが、龍鵬にはすぐに伝わったようだ。

「羅玄成か」

「ええ」

「おとなしく牢に入ってるよ。生きて出られないのは本人もわかっている」

羅玄成とは、あのあと、一度だけ顔を合わせた。表情はやわらかく、物腰も穏やかで、とても罪人には見えなかった。

その時、美麗は羅玄成に一つ質問をした。龍鵬暗殺未遂事件のからくりだ。

どう考えたって、羅玄成が、自分にとって大事な大事な存在である龍鵬を殺そうとするとは思えない。だが、実際に、龍鵬は毒を盛られた。龍鵬が倒れたからこそ、皆、美麗の父が毒を盛ったという噂を信じたのだ。倒れなければ、それはただの噂で終わったことだろう。

拒《こば》むかと思えたが、羅玄成はあっさりと答えてくれた。

『簡単なことですよ。まず、水菓子。あれは、私が陛下に差し上げてくれと宮女に渡しました。水菓子に仕込む毒は、万が一にも、幼い陛下にお生命の危険が及ばぬよう慎重に慎重を重ねたことは言うまでもありません。あとは、その宮女に、いつもよくやっていてくれるお礼だから誰にも見つからぬようひとりで食べなさいと言って、小さな菓子を渡すだけです。たっぷりと毒の入った菓子をね』

聞いてみれば、確かに、簡単なことだった。

だが、その簡単なことへの一線を踏み越えることは、決して簡単ではない。

するか、しないか。

目には見えないその境界線を、ほとんどの者は越えることなく戻っていく。越える者は、ほんのわずか。

また、羅玄成のような者が現れることがあるのだろうか？　越えられないはずの境界線を越え、その彼方まで一気に駆け出していくような誰かが。

どこからか忍び寄ってくる不安に、身震いがした。

たまらず、美麗は龍鵬の胸にすがりつく。

「龍鵬。お願いよ。絶対に、長生きしてね」

龍雲のために。美麗のために。そして、もちろん、国のために。

龍鵬がたった五歳で皇帝の位につくことになったのは、龍鵬の父である先帝が若くして崩御《ほうぎょ》したせいだ。もしも、先帝が生命を長らえていれば、羅玄成に付け入る隙を与えずに済んでいたかもしれない。

「わかってるさ」

「わたしのために無理はしないで」

羅玄成たち奸臣がすべて粛清《しゅくせい》されたあと、当然のことながら、国政は混乱した。龍鵬もしばらくは寝る暇もなかったほどだ。

今も、皇帝として龍鵬がしなければならないことは山ほどある。こうして美麗に会いに来る時間があるのなら、少し休んだらいいのに。

「大丈夫だよ。美麗は案外心配性だな」

「だって……」

「美麗といると力が湧いてくるんだ。身も心も癒されて、疲れも憂《うれ》いも全部吹っ飛ぶ。だから……」

龍鵬は、そう言うと、美麗の膝裏と背中に腕を回し、美麗の身体を軽々と抱き上げた。

「皇后よ。朕《われ》に癒《いや》しを与えよ」

美麗は、ちらり、と龍雲のほうを見やる。龍雲は呂青文と楽しそうに遊んでいる。

「陛下の仰《おお》せのままに」

苦笑しながらそう答えると、龍鵬は笑いながら美麗を抱いて房の中へと入っていった。

ふたりの姿が見えると、宮女たちは微笑みながらふたりのために次々と道を空《あ》ける。仲睦《むつ》まじい皇帝と皇后の姿は、今や、牛宿房で働く者たちの誇《ほこ》りでもある。

一番奥まった部屋の寝台の縁に美麗を座らせ、龍鵬も隣に腰を下ろした。

抱き寄せられ、くちづけられる。

美麗は、龍鵬の胸に手を当て、くちづけに酔いしれた。

身体の芯が甘く疼く。ぐずぐずに崩れ壊れて、身体の内側からとろけ落ちそう。

「……ぁ……」

唇が離れた瞬間、淫らな吐息が溢れた。

龍鵬が笑って美麗の肩から羽織っていた錦を滑り落とす。龍鵬の意図を悟って、美麗は小さな声で抗議する。

「まだこんなに明るいのに……」

「癒してくれる約束だろ」

耳元へのくちづけ。

「それに、美麗だって……」

「あ……」

衣の裾がたくし上げられ、その中に龍鵬の指先が潜り込んできた。

情熱的なくちづけに、そこは、もう、しっとりと潤んでいる。

「ほら、な」

「あっ……、だめ……」

龍鵬の指先は巧みだ。その上、美麗の身体を知り尽くしている。

簡単に官能を煽られて、美麗は大きく身をしならせた。

「は……。だめよ……。わたし……、もう……」

上ずった声でささやくと、膝の上に抱き上げられる。

触れてきたのは、熱い漲《みなぎ》り。

「あ……、あぁ……」

入る。入ってくる。一つになる。つながる。

奥深いところまで自身を美麗の中に収め終えると、龍鵬は、両手で美麗の頬を包み、触れるだけのくちづけを一つ。

見つめた瞳は、黒く、明るく、どこまでも澄んでいた。

初めて見た瞬間から、美麗を、魅了し、引き寄せてやまない黒い瞳。

胸の奥からいとしさがこみ上げてくる。

思いのままを素直に告げれば、それはとても簡単な言葉になった。

「愛してるわ」

すぐに、耳元に応えがあった。

「俺のほうこそ、おまえを愛してる」

それは、心ごと、身体ごと、溶かしてしまいそうなほど、甘い甘いささやきだった。

了

参考文献

講談社学術文庫　中国古典名言辞典　諸橋轍次
（ISBN4－06－158397－2）
東洋経済新報社　中国古典の名言録　守屋洋／守屋淳
（ISBN978－4－492－06126－8）

あとがき

はじめましての方も、いつもお世話になっていますの方も、このたびは拙作《せっさく》をお手に取っていただきありがとうございました。

みたびの天星宮《てんせいきゅう》です。

王翔《おうしょう》と李玲《りれい》の時代から下がること百数十年。

せっかくふたりで作り上げた平和の国も、乱れ、悪い人たちが跋扈《ばっこ》している模様。

今回は、王翔と李玲の子孫が再び平和を取り戻そうとがんばります。

後宮ヒロインは美人で優等生。でも、恋には、ちょっと、不器用？？？

そんなふたりの恋のお話を、少しでも、楽しんでいただけたら幸《さいわ》いです。

ちなみに、前々作『後宮庭園』及び前作『後宮の舞姫』と、この『後宮夢譚』は、同じく天星宮を舞台としてはいますが、それぞれお話は独立しておりますので、三冊のうち、一冊だけお読みいただいても、お話がわからないということはありません。気軽にお試しいただけたらと思います。

さて。

今回の後宮ヒロイン美麗《みれい》は、かつて天星宮に文官として出仕していた祖父に薫陶《くんとう》を受け、古今《こきん》の書に通じている才媛《さいえん》です。

資料として、姫野《ひめの》も経書《けいしょ》に関する本を紐解いてみましたが、これがすごく面白い！

二千年以上も前のものなのに、今の時代にも充分に通じる言葉、思想に溢れています。苦しい時、迷った時の道しるべになりそう。

昔、漢文の授業で習った時は、返り点を打つのに必死で、その言わんとするところを深く考えもしなかったんだけどなー。

ニホンノキョウイクマチガッテルヨ。

最後になりましたが、前作、前々作に引き続き、イラストを担当してくださった水綺《みずき》鏡夜《きょうや》さま。この場をお借りして、お礼申し上げます。

ありがとうございました。

皇帝陛下のチャラ男っぷりがステキ過ぎます～。

姫野　百合

マリーローズ文庫をお買い上げいただき、ありがとうございます。この本を読んでのご意見・ご感想・ファンレターをお待ちしております。

☆あて先☆
〒154-0002　東京都世田谷区下馬6-15-4
コスミック出版　マリーローズ編集部
「姫野百合先生」「水綺鏡夜先生」
または「感想」「お問い合わせ」係

後宮《こうきゅう》夢《む》譚《たん》　〜風《かぜ》を呼《よ》ぶ花嫁《はなよめ》〜

【著者】　姫野《ひめの》百《ゆ》合《り》
【発行人】　杉原葉子
【発行】　株式会社コスミック出版
〒154-0002　東京都世田谷区下馬 6-15-4
【お問い合わせ】　-営業部-　TEL 03(5432)7084　FAX 03(5432)7088
-編集部-　TEL 03(5432)7086　FAX 03(5432)7090
【ホームページ】　http://www.cosmicpub.com/
【振替口座】　00110-8-611382
【印刷／製本】　中央精版印刷株式会社

乱丁・落丁本は、小社へ直接お送り下さい。郵送料小社負担にてお取り替え致します。
定価はカバーに表示してあります。